U0087896

小說新賞

少女將軍的傳奇

木蘭奇女傳

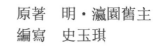

原著　明·瀛園舊主
編寫　史玉琪

三民書局

在經典故事中成長

我常常思索著，我是怎麼成了一個說故事的人？

有一段我已經忘卻的記憶，那是一個沒有什麼像樣娛樂的年代，大人們忙著養家活口或整理家務，大部分的孩子都是自己尋找樂趣，妹妹告訴我，她們是在我說的故事中度過童年的。我常一手牽著小妹，一手牽著大妹，走到家附近那廢棄的老宅前，老宅大而陰森，厚重而斑駁的木門前有一座石階，連接木門和石階的磚牆都已傾頹，只有那座石階安好，作為一個講臺恰到好處。妹妹席地而坐，我站上石階，像天方夜譚般開始一千零一夜的故事。

記憶中的小時候，我是個木訥寡言的人，所以當小妹說起這段過去時，我露出不可思議的神情，懷疑她說的是另一個人的事。雖然如此，我卻記得我是如何開始寫故事的。那是專三的暑假，對所有要上大學的人來說，這個暑假是很特別的假期，彷彿過了這個暑假就從青少年走入成年。放暑假的第一天，我從北部帶著紅樓夢返家，想說漫長的暑假適合讀平日零碎時間不能完整閱讀的大部頭。當我花了兩個星期沒日沒夜看完紅樓夢，還沒從寶黛沒有快樂結局的悲悽愛情氛圍中脫身，突然萌生說故事的衝動，便在酷暑時節，窩在通鋪式的臥房，以摺疊成山的棉被權充書桌，幾個下午就完成我的第一篇短篇小說、我說的第一個故事。寫完時全身汗水淋漓，用鉛筆寫的草稿也被手汗沾得處處字跡模糊，不過我不擔心，所有的文字都在我腦海中，無需辨認。之後我又花了幾天把草稿謄在稿紙上，投寄到台灣日報副刊，當那個訴說青春少女和遲暮老人忘年情誼的小說變成鉛字出現在報紙副刊，我知道我喜歡說故事、可以說故事，於是寫了一篇又一篇的小說，直到今天。

原來是經典小說帶領我走入說故事的行列，這段記憶我始終記

得，也很希望在童年時代還耐不下性子閱讀原典的孩子們，能和我一樣在經典故事中成長。

　　雖然市場上重新編寫經典小說的作品很多，但對我這個有兩個少年階段孩子的母親來說，卻總覺得找不到適合的版本，不是太簡單，就是太難，要不然就是刪節得不好，文字不夠精確等等，我們看到了這當中的成長空間，於是計畫進行一套經典小說的改寫版本。

　　首先我們先確定了方向，保留較多文學性，讓這套書適合大孩子閱讀；但也因為如此，讓我們在邀請撰稿者方面碰到不少困難。幸好有宇文正、石德華、許榮哲等作家朋友們願意加入，加上三民書局之前「世紀人物 100」的傳記書系列，也出現了不少有文采、有功力的寫作者，讓這套書可以順利進行。對於文字創作者來說，創意是珍貴的資產，但改寫工作就像化妝師，被要求照著一張照片化妝，不能一模一樣，又不能不一樣，一些作者告訴我，他們在撰寫這系列的書時，常常因為想寫的和原著不太一樣而卡住，三民書局的編輯也常常要幫著作者把寫作節奏拉回來，好幾本書稿都是初稿完成後，又大幅刪修，甚至全部重寫。辛苦的代價便是呈現在讀者面前的這套書——文字流暢、故事生動，既有原典的精華，又有作者的創意調拌，加上全彩印刷、配圖精美。這是我為我的孩子選擇的一套書，作為他們告別青春期的最佳禮物，希望能和天下的學子、家長們分享，也期待這套「大部頭的套書」，經過作家們巧妙的改寫、賦予新生命後，保留了經典的精神，又比文言白話交雜的原典更加容易親近，讓喜歡聽故事、讀故事的孩子，長大後也能說故事、寫故事，於是中國經典文學的精華就能這麼一代一代傳誦下去。

林黛嫚

　　我從小有個不太好的毛病，對於太過簡單的答案，總是忍不住反問：「誰說的？」然後從簡單的答案反方向推敲，把問題弄複雜了，再自己試著找出許多花俏離奇、不可思議的解答。如此費事，還樂不可支。

　　花木蘭代父從軍的故事，就是在這樣的情況下，被我逮著。

　　根據北朝的民歌木蘭辭，大家都知道在古時候不確切的年代裡，有個年輕的女孩子，因為孝順而假扮成男生、代父從軍十二年。離奇的是她在軍中十二年，女孩子的身分從未被揭露。終於解甲歸田了，還可以「當窗理雲鬢，對鏡貼花黃」，重新穿上舊時衣裳，彷彿一切從未發生。

　　坊間對於「花木蘭」這個題材，有許多複製的版本。卡通影片裡的花木蘭，常常被畫成黑皮膚、大嘴巴的「非美女類型」；意思好像是「不漂亮的女人假扮男性」後，才使得代父從軍的故事得以合理發展。也有許多電影劇情，總是讓木蘭在軍中那十二年，有一個戀慕的男性，使得她能夠「為愛往前飛」，衝過一波又一波的難關。還有各式各樣新舊戲曲，以花木蘭當題材時，把她代父從軍的選擇，詮釋成迷惘的、哀怨的；或者因為笨拙粗俗，當不成名媛閨秀，意外在男性世界中找到一片天。

　　「誰說的？誰說是這樣的？」各式既有的花木蘭故事版本，沒有一篇提及她小時候及個性養成的過程。就像是有一個人人都知道的臉譜，然而沒有人提及臉譜背後的故事。這臉譜的背後就像一塊留白的畫布，成了我發想問題、試填答案最好的場域。

　　我對木蘭除了「孝順」之外，還有哪些個性特質，讓她小小年紀即敢於挺身而出，感到非常好奇。我開始在想，她是在怎麼樣的

家庭生長？她在童年裡經歷了哪些故事，讓她有了鮮明的個性？她有沒有朋友？她有怎麼樣的師長？她接收到了怎麼樣的寶貴教誨？她流不流淚？她孤不孤單？她是否靠著夢想長大？她是溫和的還是逞勇鬥狠的？……當她在少女的年紀去從軍，「退役」之後應該是個曼妙女郎了，那時她何去何從呢？

　　三民書局的編輯提供我一份忠孝勇烈木蘭傳，是北京師範大學根據京都養真仙苑清光緒年間珍藏版校訂的版本，作者可能是奎斗馬祖。全書以半文言的章回小說寫成，計三十萬字。然而，故事有三分之一的情節以木蘭的爺爺為主角，有三分之一以朝代亂世的明爭暗鬥與沙場征戰為重點；木蘭的下場更是完全無法脫離男性社會中的悲劇，遭讒臣嫁禍，留下「以死明志」的衝動結局。

　　在編輯的鼓勵下，我大膽丟開原著，開始在字裡行間重新扶養木蘭，把她從五歲一點一滴拉拔長大。我想像她出生的家庭，揣摩她和家人互動的細節。我彷彿真的去過木蘭所居住的房舍，乃至對庭院裡的花木都非常熟悉。隨著小說一天一天的構築，從食衣住行的生活樣貌，到村城國邑的氛圍輪廓，也越來越清晰。有一個「木蘭的世界」占據了我心裡一個角落，鉅細靡遺、生動逼真。

　　撰寫的過程，由於工作繁重，中間曾經完全停擺好長一段時間，但是那個「木蘭的世界」卻始終在心裡持續上映。我只得抓緊零碎的時間，在家中充當書桌的餐桌上、在街巷邊不知名的咖啡店裡，一小段一小段的把故事「釋放」出來。這是我第一次寫小說，值得慶幸的是，整個撰寫的過程始終充滿了創作的樂趣。然而，也因為寫作技巧不足，在文中留下了許多明顯的瑕疵，讓編輯及先進前輩們勞神傷眼。

花木蘭這個家喻戶曉的人物，臉譜背後的故事，我大膽將它說完了。讀者們在閱讀的過程中，如果感受到愉悅的部分，那是因為「花木蘭」這個角色穿越古今限制，與您的個性有共鳴共振的原因；如果感受到生澀難耐的部分，那肯定是因為我這個作者還有許多待努力之處了。

史玉琪

木蘭奇女傳

目 次

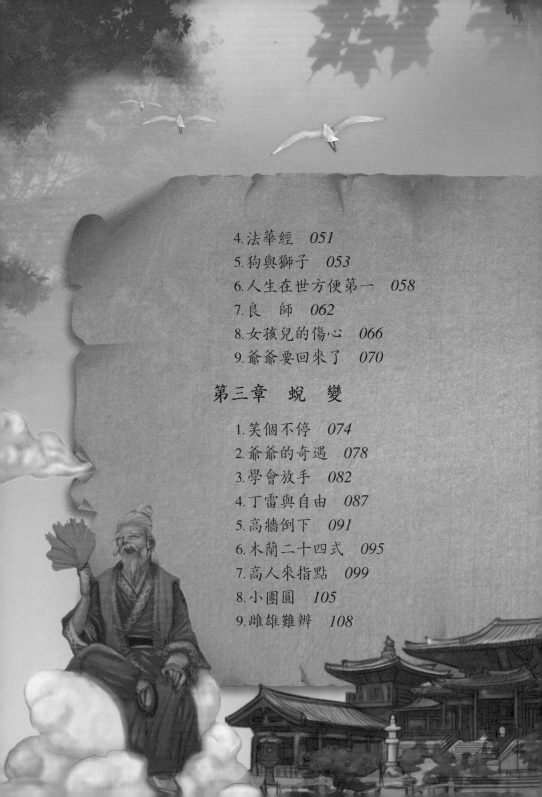

導讀

尋找古老且美好的可能

　　花木蘭的故事流傳廣遠，在古樂府中即有木蘭辭歌詠她代父從軍的故事。野語村言也把這個少女將軍的傳奇，翻唱了一遍又一遍。然而在正式廟堂的史實中，卻始終沒有花木蘭的記載。

　　於是，故事流傳了一千多年，花木蘭是哪個朝代的人？家鄉何處？姓氏出生如何？始終眾說紛紜。姚瑩在康輶紀行中說木蘭是北魏孝文帝時人；宋翔鳳的過庭祿中說她是隋恭帝時人；程大昌的演繁露中則說她是唐初人。木蘭的籍貫里居，姚瑩說她是涼州人；河北省完縣誌說她是完縣人；大清一統志說她是穎州譙郡東魏村人；河南省商丘縣誌則說她是丘花宋村人；還有人說她是宋州人或黃州人。

　　根據北京師範大學依清光緒年間珍藏版校訂的忠孝勇烈木蘭傳版本，木蘭出生的年代是隋末唐初，木蘭的爺爺居於湖廣黃州府西陵縣雙龍鎮。

　　依據這個，我們在故事開始之前，實在有必要了解一下隋末唐初是一個怎麼樣的時代，而湖廣地區又是怎麼樣的地理環境。

　　隋朝的歷史不長（西元 581 至 618 年），短短三十七年間，上承南北朝的混亂殘破，下啟唐朝的盛大華麗。打下江山的隋文帝，廢除了以前門第世襲官職的九品中正制，改而以各州每年向朝廷「舉賢」，經分科考試後錄用為官的「科舉制」。這是一件大事，木蘭的爺爺也因此有機會從鄉下地方脫穎而出，與當時同樣傑出的各地群賢，有了英雄惜英雄的交流情誼。

　　丟掉江山的隋煬帝，雖然在歷史上的名聲不好，但他開鑿了中國歷史上前所未有的兩千七百公里運河，帶動了漢土東西南北文化

與經濟大交流的契機，國都發展的板塊也隨之位移。有了這個「前因」，才會有木蘭父親接到徵兵令、以及木蘭最後去各處旅行的「後果」。

除此之外，隋朝的建築工程和農業發展，也引起我的興趣。由李春所建造的趙州橋，是目前世界最古老且現存完好的「大跨度、單孔、敞肩、坦弧、石拱橋」；水利工程的技術及均田制度，也使得隋朝時農地、農民、農產，都達到前所未有的高峰。

我依據這些古老且美好的資料，鋪陳出木蘭出生的環境。假設木蘭在西元 615 年出生（隋朝末年），她的爺爺被三次舉賢就十分合理。木蘭三歲時李淵建唐，五歲時識字（唐武德三年）。玄武門之變後李世民即位時（西元 627 年），木蘭正好十二歲。代父從軍的十二年間，以唐朝歷史來看（西元 627 至 639 年）正逢東西突厥侵擾邊境，為木蘭征戰提供了清晰的舞臺。由李靖、長孫無忌、尉遲恭等人串連起來的「凌煙閣二十四功臣」，也依時節因緣自動在小說中就位。

時間的座標有了落腳處，木蘭生長的湖廣地區，又是怎麼樣的環境呢？在湖南廣西交匯處的湖廣地區，屬於副熱帶季風氣候，有晚梅雨（秋季梅雨）的特色。這樣一來，一年就有四分之三的時間適宜耕種，稻田分兩期熟（一年收割兩次），所以才會有「湖廣熟，天下足」之說。再加上該地土質屬於古代湖泊區，所以當地多有「垸田」的方式：把湖邊溼地圍起來，等水分排得略乾了，直接利用沃土栽種。這些地理常識，成了木蘭童年生活有滋有味的風貌。

至於木蘭帶兵出征的路線，則參考了隋唐兩朝的長城地圖；木蘭的武術，則略涉獵了詠春拳法及陳氏太極二十四式；木蘭的兵法，則多以老子道德經為依據……透過木蘭五歲到二十四歲的故事，我們除了知道她如何從紡織機上走下來，女扮男

裝、代父從軍；我們也隱約感受到了那個時代、那個環境，一切古老且美好的事物。

征戰的過程與結局的部分，與原著差異最大。我嘗試去理解：如果在花爺爺與儒、釋、道幾位重要老師教導下成長的木蘭，她有沒有可能經歷戰爭但不生仇恨？有沒有可能不出一兵一卒即化解衝突對立？在童年玩伴與軍中弟兄的情誼中，只有生離死別，而沒有談情說愛，乃至最後讓她行遍天下、身影消失在壯麗河山中，故事這樣結束，也是我衷心嚮往的吧。

最後要提的是，我們今天能夠依照清朝珍版，重新撰寫這部小說，是由於清宣統年間一位劉芳先生（字繼賢）。他因為自幼體弱多病，讀到忠孝勇烈的花木蘭故事時，深受感動、病即痊癒；於是發願捐了五十五塊銀洋，又勸募了四十五塊，共湊足一百塊銀洋，刊印了這部小說。「一時勸人以口，百世勸人以書」，讓花木蘭的故事廣為流傳。這份古今流芳的美意，最是動人。

寫書的人
史玉琪

文字工作者。曾任職於漢聲出版社、中央日報、自由時報、雲門舞集基金會、靈鷲山佛教教團。為總裁獅子心文字作者。著有最快樂的歌、我在藍天下，跳舞、小刀萬歲。現為德謙讓卓出版社總編輯。

木蘭奇女傳

第一章 青 鳥

1. 五 歲

　　一個春雨過後的下午，媽媽把木蘭拉到身邊，摘掉她那戴了整季的兜帽兒，拿了一把木梳子，把木蘭那一頭壓得彎彎捲捲的頭髮梳了一遍又一遍，結上布條子，俐俐落落的編成了半長不短的兩條辮子。

　　「行了，可以去院子裡玩了。」媽媽端著木蘭的下巴，左右檢查了一下，然後輕輕把木蘭往房門外推。

　　門板「咿呀」一聲朝外頭推開。木蘭最先注意到的是青苔，階邊厚絨絨的青苔，吸滿了潮氣，泛著暖甜的味道。「聞到了嗎？」媽媽笑她胡思亂想：「哪有什麼氣味啊？」但木蘭閉上眼睛、掀著鼻翼用力再嗅，她知道，就是有一股味道，說不出來是香是臭，但那氣味很吸引她，讓她毫不猶豫的跨出門檻。

　　剛才那陣毛毛細雨，將院子打得溼漉漉的，木蘭留意不讓腳踏到水灘上。大伯母花了整個冬天，給全

家人衲鞋底，布鞋底怕水，<u>木蘭</u>不想讓大伯母心疼。

院子不大，是整棟屋子第二堂的前院。爺爺的爺爺訂下了家規：凡是女子，不得邁過中門。平日，爺爺、父親、大伯、堂哥，還有好多拜訪爺爺的客人，都在前堂大廳，談論著只有男生才能說得上話的天下大事；而賣雜貨的，或鄉下來送雞、送米的，則在下堂後門邊，有一間小屋子給他們歇歇腿，喝碗茶、吃個餅，把換雞換米的錢數清楚了，拴在褲頭上藏牢了，再離開。

只有這第二堂屋，是婦人家來來往往最自由的地方。賣線的、賣珠花的老婆子偶爾會來，一來鐵定也帶著好多街坊上的笑話來；最常來的，是幫奶奶把脈抓藥的醫生。奶奶身體不好，常常作些怪夢，不時被自己的夢境嚇得不敢睡，要家人陪著說好久的話才行。家裡面上上下下只有<u>木蘭</u>一個小孩兒，前廳後堂都不能去，就只有這一片小花園可以透透氣了。

「可是，為什麼要透透氣呢？」<u>木蘭</u>鑽過院子裡的一排陳年桂花樹，故意裝出老氣橫秋的聲音，自問自答。

「因為屋裡頭悶嘛！」這是她使性子的聲音。

「屋裡頭有媽媽、奶奶和大嬸，還有<u>福婆</u>，怎麼

會悶呢？」這是老聲老氣的裝腔。

「我總是要長大，等我長大了，這中庭就變小變悶了啊！」木蘭在葡萄樹架子前蹲了下來，「人長大了，心也跟著長大，你說對不對啊，小蝸牛？」她一邊振振有詞，一邊伸出食指輕輕點了一下葡萄藤上的一隻小蝸牛。

蝸牛被這一點，立刻縮回殼裡，動也不敢動。

「如果樹腳下有蝸牛，這樹梢上肯定有黃鸝鳥。」木蘭自己說完，愣了一下，因為她已經忘了，現在該是老生說話，還是小女孩說話。

木蘭抬頭，果真看見葡萄架上有一對青鳥，不是黃鸝，是綠繡眼。春天了，綠繡眼夫婦忙著銜葉梗子去做巢。

木蘭挪了一步，還想看得更清楚，綠繡眼一驚，朝著大廳方向飛去，拍兩下翅膀，就飛過了圍牆。

「啊！」木蘭微微張著嘴，但沒發出聲音。她看著那圍牆，

看著大廳的屋背角，看著更遠小鳥飛去的方向，看著不知道盡處是什麼的天邊。她輕輕闔上嘴，咬著下唇，眼角微微溼了。

「蘭兒，在看什麼啊？」不知道什麼時候，木蘭的爺爺花曜堂已經站到木蘭身後了。

木蘭回過頭，揚起臉，想給爺爺一個笑臉。

花曜堂看到了木蘭咬著下唇，曉得這是孫女從小做決定的時候，慣常有的動作。

爺爺笑著蹲下身，把木蘭摟到懷裡，「蘭兒還這麼小，就會想事情啦？」

「五歲了！」木蘭掙出一隻手，小手掌在爺爺面前比了個「五」。

「哦，五歲啦！」爺爺假裝吃驚，皺著眉頭打量木蘭，眼睛瞇瞇的，好像在盤算什麼。最後，爺爺說：「蘭兒五歲了，那麼，我們可以來識字讀經了！」

2. 學寫字

木蘭捲起袖子，兩手緊緊捏著徽州來的墨條。爺爺告訴她：「這徽州的墨條，是人家世世代代熬黑了手，娶媳婦也是一雙黑手，吃飯也是一雙黑手，抱著新出生的娃兒也還是一雙怎麼也洗不淨的黑手，是這

樣奉獻了一生、恭恭敬敬製造出一塊塊墨條。講究一點的，還在墨條上壓了松樹印，針葉的地方塗上綠顏色，樹幹的地方染上金漆。這麼一條墨運了幾百里路，又山又水的，最後才買進家裡來。所以，要學寫字，得先磨墨；墨要磨得好，得事事珍惜。」

「寫什麼好呢？從哪裡開始學起呢？」爺爺攤開了紙，筆尖在硯臺邊上沾過來勻過去，微微閉上眼睛，嘴邊這麼問著，但不是在問木蘭的意見。木蘭手邊不敢停，抬眼望著爺爺，悄悄吞了一口口水，「寫什麼都好！」她在心裡歡悅的喊著，今天所教的任何一個字，一個句子，她一定會牢牢記得一輩子。

「成！就把中堂牆上那幅字，寫給妳。」爺爺拿定主意，朝紙面上吹了一口長氣，站直身，舉筆，接著爺孫倆所有的注意力都在筆端和紙面間。一撇一點，一撇一納，橫是一筆，豎是一筆，每個字有木蘭的拳頭那麼大。

　　　父母養育恩，匪衹如天地。
　　　天地生萬物，父母獨私我。

寫完，爺爺朗聲念了一遍，木蘭立刻跟著念了一

遍。爺爺側頭看著她，眼底有點驚訝，心想：「蘭兒這麼聰明？才念一遍，她立刻跟上了？」但爺爺嘴邊不說誇獎的話，反而問：「會嗎？有人給蘭兒講過嗎？」

「沒有，是爺爺念得清楚，蘭兒學著念的。可是一顆一顆字，是說什麼，蘭兒全不明白。」

木蘭認真又恭敬的模樣，爺爺看了非常歡喜，心想：「家裡頭出了稟性優良的孩子。雖是女流之輩，但將來若能知書達禮，也會有相夫教子的嫻淑品德，對家庭、社會、國家都是福氣。」於是把這幅對聯的意思細細講解了一遍：「爹爹媽媽生我養我的恩德，就像天地那麼大；而那麼大的天地，是生養一切萬物的父母。天地呢，都還需要照顧一切萬物；然而我的爹爹媽媽呢，卻完全只照顧我，所以恩德更是大。」

爺爺解說完，想考一考這五歲孫女的能耐，要木蘭再說一遍。

木蘭抿了一下唇，說：「天大，地大，但我阿爹媽媽的功勞更偉大！天爸爸，地媽媽，要照顧一大群他們的孩子；而我阿爹媽媽，獨獨只為我。」木蘭的語調有點急切，不等爺爺評判她答得對不對，便緊接著問：「爺爺，我本來就是這麼想的了，每個娃兒也都這麼想嗎？」

「嗯——」　爺爺對木蘭的發問有點吃驚，想不到她才五歲，理解力便快得驚人，不但用她孩童的語詞詮釋得貼切，還隱約發現句子裡沒有出現的意思。「每個娃兒剛開始都會這麼想，但是有些娃兒長大就慢慢忘了。所以咱們家要把它寫成對聯，掛在中堂牆上，提醒自己不要忘了父母恩，不要做出違背天地的事情……」爺爺停頓了一下才繼續說：「只要感覺到天地的時候，就想到了『孝悌』；只要感覺到了『孝悌』，就想到蒼天和大地。」他找不到淺顯一點的方式來解釋，只好先說出來，讓木蘭長大以後慢慢體會。

木蘭眼睛發亮，直定定的望著爺爺，飽滿寬闊的額頭，沁出一層薄薄的汗。她什麼話也沒說，抿著嘴、挺著小胸膛，很有把握的神情，似乎把爺爺說的話全聽懂了。

爺爺心情好極了，接著教木蘭寫五個字：父母，天地，我。將字的筆畫順序，寫得漂亮的要領，一一傳授給小孫女。

從書房出來，已經到了午飯時間了。爺爺是大家長，所以要去大廳的飯堂用飯；木蘭還是在中堂，跟媽媽、奶奶一起吃飯。今天爺爺心情好，特別吩咐家丁李福、劉東多準備一些酒菜。爺爺每有值得慶祝的事情，就會招家人喝一兩杯。經過中庭花園時，正午的熱氣將桂花的香味蒸得四處飄送。爺爺聞到了那甜香，忽然想起木蘭是個女娃娃，「她要是個男孩子，該多好啊！」

春天就在研磨練字中悄悄過去了。

3. 日月天地人

因為識字讀經，木蘭才曉得他們家是在湖廣黃州府西陵縣的雙龍鎮。雙龍鎮離縣城一百一十里，雖然不是大城，但位處重要的交通位置，所以各路消息總是很靈通。而木蘭家，就是一有風吹草動，立刻會有人上門找爺爺商量，請爺爺拿主意的地方。

一日，李福來到書房，遞了一張客人的名帖給爺爺。爺爺瞧了一眼，隨即把名帖拗了折，拿在手上拍著、思索著。隨後交代木蘭繼續習字：「不要偷懶，今天得完成一個進度。稍後說不定還有空回來，再教妳幾段課文。」說完，爺爺就去會客了。

「為什麼總是有那麼多人要爺爺給他們拿主意？為什麼爺爺給他們的主意，他們都會聽呢？」媽媽正好陪著奶奶來到書房看木蘭習字，木蘭忍不住把問題拋給她們。

「妳爺爺曾經三次婉辭了鎮上的保舉『孝廉』，可不是平凡的人呀！」奶奶一邊說，一邊笑眯眯的翻看木蘭最近練的字。「蘭兒寫字挺有力道的。」奶奶抽了一張出來給媽媽看。

「我倒看不出來，瞧這字，貓樣兒的，軟綿綿的，是寫到打瞌睡了吧？」媽媽故意這樣說。木蘭被逗得笑開了。

「什麼是保舉『孝廉』？」一如往常，木蘭逮到機會就問問題。世界很大，木蘭活動的中堂很小；世界的問題有一籮筐，但木蘭還太小。

「先帝英明，他規定各州每年都要選送三人到中央去參加考試。考得好的人，就在政府裡面做官，每年領政府的糧餉，有吃有住。」奶奶講到「先帝英明」的時候，還拱手齊額，朝天一拜。

「那和保舉『孝廉』有什麼關係？」木蘭說到「保舉孝廉」，也學奶奶拱手齊額，提醒奶奶趕快往下講。

「當朝廷官，是光宗耀祖，地方鄉里都跟著雞犬升天的大事情。所以每到要選人的時候，那——可不能隨便應付。」奶奶講「那」字的時候，刻意拉長了音，逗得木蘭伸長脖子、側著頭，急欲聽個明白。

「首先，要有三個鎮上的里長做保人，才能寫上一個大家公認賢孝廉能的人。」奶奶索性坐下來，打算好好把她知道的事講清楚。「接著，鎮上的千戶長和巡檢，要連名簽字劃押，陪著這些人去縣城考試。考過了再由縣官陪著往州府，最後才到了京城。」奶奶用桌上的杯盞，一站一站排出來，這是鎮上，那是縣城，再遠一點州府，最後到了中央。

「妳爺爺啊，從三十多歲開始，就有人推舉他，前後三次哦，三次他都不去。」奶奶對這三次的紀錄好像很滿意。

「第一次，他說是父母喪，守孝三年。」奶奶扳著指頭數著。

「第二次，大家又把妳爺爺推舉出去。結果那一次正逢英明的文帝過世了，他為了遵守國制，全家服孝，仍然婉辭舉賢。」

「第三次，眼看是不能再推辭了，知府官都幫他寫推薦信了。妳爺爺竟然在去京城的半路上就轉回來，說咱們家人丁單薄，他還是想把重心放在家裡，把平生所學教給兩個兒子。」奶奶停下來，打了一個噎。

木蘭就趁這空檔，趕緊把她滿腦子問號拋出來。

「將來，萬一爺爺又被推舉了，而且也答應了，那那那⋯⋯是不是他就得出門一趟，到京城去？」木蘭問。

「蘭兒想知道什麼？」媽媽聽出木蘭話中有話，要她把話說清楚。

「爺爺出門，需要一個小書僮吧？」木蘭問得真摯，挺著小胸膛，好似在說：「我就是天上掉下來、地裡蹦出來，眼前、現成、最好的小書僮了。」

奶奶、媽媽看著木蘭的模樣，都掩袖笑了。

「什麼事這麼好笑？」木蘭的父親花安邦也來到書房了。

「阿爹——」木蘭撲到父親的懷裡，顧不得媽媽為她梳理好的辮子，像隻小牛用頭抵著父親寬闊的胸膛。父女倆玩了半天，木蘭還不忘牽著父親的手，走到書桌前去評賞評賞她的功課。

日月天地人。星宿轉乾坤。
帝王君親師。四季交替輪。
春秋易禮樂。詩經道德經。
孝悌忠勇烈。貞德良淑嫻。
花草樹木葉。陰陽晴雨雲。

　　花安邦翻看著女兒的習字功課，一邊輕輕念出聲，心頭有說不出的滿足。木蘭是花安邦三次去西陵縣南木蘭山祈求，終於求來的子嗣。當孩子呱呱墜地後，家裡工人私下都笑說安邦二爺拜錯了山的方位，才會生個女兒。只有花安邦，見到妻女均安，當場淚下，叩謝天地。

　　許久沒有新生命誕生的花家，對於木蘭的出生，充滿了期待和歡喜。尤其木蘭出生時，哭聲嘹亮，伸拳踢腿，極有活力。產房外頭有紫燕在簷下築巢，天空一片湛藍，還下起了太陽雨。按爺爺在家譜裡頭記載，木蘭的出生，好兆頭很多。未滿周歲，就能伶俐學語，二歲懂得察顏觀色，三歲能唱童謠，四歲可以獨睡一室，睡醒了不哭不鬧，還能像修禪一樣靜坐。

如今五歲，習字過目不忘，吟詩經耳即熟。不但聰明活潑，身體也極健康，個頭比一般五歲女娃兒要高出一掌，手長腳長，秀外慧中。木蘭的父親花安邦最是疼愛，就算在外人面前，也從不掩飾他對木蘭的喜愛。

正當一家人都在書房裡，喜孜孜享受五歲的花木蘭帶給花家的生氣活力之時，前堂大廳和下屋後門邊，也各自熱鬧不已。

4. 小狗子和童謠

花曜堂接了名帖後，從書房裡出來，慢慢走到前堂大廳去。來的客人是雙龍鎮巡檢徐千秋、千戶長李長春以及幾位保甲里長。「賀喜員外！」幾位官員見到花曜堂，遠遠就揚聲道喜。見這場面，花曜堂對於來客的用意，心裡已經明瞭一半了。

花曜堂和來客一一寒暄、坐定之後，徐巡檢馬上開口：「我們這次來，別無他事，就是唐國公另立國號，天下已漸漸統一了。唐國公崇尚有學問、有品德的賢士，再一次號召地方廉能賢士進城參加科舉考試！」

千戶長是個武官，等不及也插話進來：「我們想，

以花老爺的才學，朝廷必定大大重用。這樣您將來就是我們的上司，要喝酒、要道喜，就趁今天了，以後我們可不敢放肆了！」眾人這時紛紛拱手抱拳，像拜年一樣，一片賀喜之聲。

花曜堂謙虛的說：「晚生才疏學淺，是各位不嫌棄，才能幾次得到鄉親的推薦。我這一生若能謹守本分，回報上蒼的栽培便心滿意足了，實在不敢妄想任何考試或出任仕途的機會。」說完捧起酒杯，敬謝在座來客。

俗語說「酒逢知己千杯少」，藉著酒興，花曜堂和來客又閒談了一些當時朝政的舉措。他們說，大運河的開鑿，活絡了湖廣和江南地區的商業風氣，所以商人慢慢也多了，將來商人就和農人、讀書人一樣重要。他們說，幽州趙縣出了一個屬害的工匠叫李春，沒用一個橋梁，也沒用一個龍骨，就用石頭壘起了一座拱橋，橋上有蛟龍獸面的紋飾不說，光是輕巧又防洪的

拱型橋身，就讓人嘖嘖稱奇。他們也聊到越來越不安分的突厥軍隊，以及邊防守郡幾次戰事衝突。他們還說，江南已經開始收成，有人報說今年的麥子結出雙穗，是仁君愛民、草木呈祥的好兆頭，也是豐收的大吉預告呢！

廚房裡為了張羅客人們的酒食茶點，突然忙碌起來。光是白酒，已從地窖裡送上第二罈了。

廚房後門邊，一個穿著藍布衣裳的小男孩，咕嚕咕嚕的喝了一杓子涼水，又吃了一塊豌豆黃糕，臉上氣色慢慢恢復紅潤，好奇的看著下屋裡的人們忙進忙出。

「小狗子，頭還暈不暈？不暈帶你去找蘭兒小姐玩玩。」福婆響亮的嗓門，叫人聽了就覺得開心，好像總有好消息。小狗子是福婆的小孫子，平常住鄉下，偶爾跟著父親帶菜帶米進城來，會在下堂後門邊的小屋吃點東西，香香嘴兒。

今兒個暑氣上升，小狗子路上走得太急，一不留神中暑了，臉色

發白，整個人不出汗。福婆在他背脊上捏一捏，又搽了青草膏，再喝點水，吃塊降暑的糕點，小狗子才又變回鄉下朝氣又野氣的小狗子。

　　唐花李樹開，春光明媚造化長。
　　楊花空蕩漾，夕日已盡水亦絳。

　　小狗子見了木蘭，先把鄉下田裡摘的幾莖罕見的開了雙穗的青麥送給木蘭，又唱了一首鄉里間大家都在唱的兒歌。木蘭哼了兩遍就學會了。小狗子比木蘭多兩歲，像是木蘭的小哥哥，木蘭總喜歡對他問東問西，但沒有一個答案能真正令她滿意。

　　「這歌兒是什麼意思？」木蘭問。

　　「我不知道。」小狗子回答。

　　「這歌兒最早打哪兒來的？」木蘭問。

　　「我不知道。」小狗子回答。

　　「這歌詞什麼叫造化長，什麼叫空蕩漾？」木蘭又問。

　　「我不知道，妳再問，我就又要鬧頭暈肚子痛了！」小狗子回答。

　　奶奶、父親和媽媽在旁邊聽了，止不住的笑。

「什麼事這麼好笑？」爺爺抽空回到中堂，看到大家都聚在木蘭的書房裡。純真的孩子像塊寶石，總是自然的吸引人們注意。

花安邦把小狗子唱的童謠轉述給父親：「阿爹，鄉下童謠用『唐花李樹開』說新朝李唐要大鳴大放了；又說『楊花空蕩漾』，約是說煬帝流連揚州行宮，已盡失天下山河了。這是民間百姓的看法，也是他們的心聲。阿爹，若是如此，新唐和李淵父子，已獲得天下百姓的冀望了。」說完，將小狗子帶來的雙穗青麥呈給父親。

「嗯，是這樣啊。」花曜堂檢視著青色麥穗，剛才前廳飲酒的酒力還熱在腦門上；雖然年近六十，但為國盡忠的願望也還熱在心坎兒上。百姓的心之所嚮，再加上仁君德政的吉兆，那麼，這一回，也許真的該進縣城去應試孝廉……。在孩子的兒歌、家人們的歡談笑聲中，花曜堂悄聲把心裡頭的想法告訴了花安邦。

一旁看似與小狗子交換習字心得的木蘭，尖著耳朵，隱隱約約感覺到爺爺做了個重大的決定。說不出是什麼心情，小小的木蘭更覺得天地無限寬廣。在這幢屋子外頭，有個她無法得知的遼闊世界，令她非常嚮往。

5. 名　帖

　　時序已近秋，雲氣遇到了高原，變成溼熱的秋雨，催熟了滿山滿谷金黃的麥穗。每下一次雨，天氣涼一分；每下一次雨，晨起就得多添一件衣服。

　　媽媽為木蘭縫了一條新領巾，以淡淡的藍染為底色，巾口繡了一枝小木蘭花。媽媽說，阿爹去求子的木蘭山，山上盡是木蘭樹，但開的是深紫色小花。如果再往西行千里，過了太白山，過了蘭州，過了最遠一道長城外，那兒也有木蘭樹。但那裡的木蘭花卻像一口碗兒那麼大，桃褐色的花，一開可以挺一個月，香氣可以飄送百里，大家都叫那大花「天香木蘭」。媽媽一邊替木蘭圍上薄圍巾，一邊說著大花小花的差別。

　　木蘭的名字雖然和花花草草有點關係，但她對植物一點兒興趣也沒有；她感興趣的，是那一個個陌生的地名，是一片片養活蒼生萬物的土地。年僅五歲的她，大人邁一個步伐，她要趕兩步才能跟上；但旺盛的求知欲和無限的想像力，卻讓木蘭有了一對隱形的翅膀，能夠跟上大人的世界。

　　誰是讓木蘭拍動翅膀，飛越堂屋限制的助力呢？每個說故事的大人，都是木蘭的風。而爺爺，又是其

中第一號大風。

　　一大早，爺爺在書房裡一邊給木蘭出功課，一邊整理手邊的名帖。名帖，是那時候人們交誼拜訪時互換的名片。上頭有時會寫出祖籍家鄉，有時寫了字號、身分，有時就是單純一個名字，像是「三元道人　李靖」、「西陵城　西竇府　竇忠（建柱）」、「痘母祠　慧參法師」、「山東麻縣　心田居士尉遲恭（敬德）」、「長安　房玄齡」、「長安鹿鳴村　魏徵」、「長孫無忌」、「西席幕賓　褚遂良」、「山東歷城縣　旗牌官　秦叔寶（瓊）」、「大霧山　無我法師」……。

　　爺爺把名帖一張張排開來，木蘭哪還有定力肯安分習字背經書？她知道這些名帖上的人，都是爺爺的朋友；而爺爺的朋友，和這個山川大地、朝代天下，大大有關係。

　　「這是什麼字兒？」木蘭指著「竇忠」的「竇」字問，她知道如果直接問「這是誰？」爺爺肯定不會回答她。但若是問字兒，爺爺就會仔細的告訴她，那個字兒怎麼念，怎麼寫，那個人是什麼樣的人，有過什麼樣的故事，和誰誰又有相關連。每次爺爺一說，木蘭就彷彿掉進爺爺記憶的大酒缸，半天過去了都還不知不覺。

「這個字念『豆』，竇忠，他比爺爺年輕，又比妳父親年長，妳要稱伯父。他呀——」爺爺瞇起眼，識破了木蘭的詭計，小孫女就是愛拐他說故事。而那些往事，對五歲的小童來說，能理解幾分呢？

然而這天，花曜堂就是想把藏在心中多年的故事，毫不保留的說給五歲的木蘭聽。

6. 痘母祠

那一年，花曜堂和縣裡八位推舉出來的賢士，一同前往黃州府拜會王知府，希望取得他的聯名認同，以便前往京城應考。沒想到王知府嫌花曜堂等賢士的見面禮太微薄，故意刁難他們。幸虧耿直又敢扯開嗓門的竇忠在公堂上放了一番狠話，花曜堂等人才順利得到推薦信，繼續進京候選。

從黃州府到長安，騎馬要走十多天的路。第六天他們行經南陽界地，為了趕在太陽下山前找到旅店，花曜堂和李福快馬加鞭，看見前方有一位青衣老人，跨坐在驢背上，邊搖扇邊行路，座鞍後頭還掛了一個小竹籠，裡頭盡是木蘭花，香氣撲鼻。花曜堂以為跟著老人就可以找到宿店，誰料不知何時偏離了官塘大道。左彎右繞，穿過一片竹林、一片松林，忽然就到

了荒郊野外，而那青衣老人早已不見蹤影。這時，兩人眼前只有一個水塘和一戶人家，八字門樓上一塊匾額寫著：「痘母祠」。

 ※ ※ ※

「痘母祠？」木蘭第一次聽到這三個字，逗母詞？豆母瓷？她的腦袋瓜裡一下子拼湊出許多奇怪的字眼，「怎麼寫啊？」她的小手指胡亂在空中比劃著。

「蘭兒，要沉得住氣。」爺爺訓斥她，然後在紙上寫出正確的「痘母祠」三個字。「自古以來，民間一直相信出疹子、發水痘、染疫疾，都有神祇掌管。這類寺廟或祠堂又多在山間隱密處，常有修道修仙的傳說。」花曜堂看了孫女一眼，「別再打岔，讓爺爺把故事說完。」木蘭點點頭。

※ ※ ※

李福上前叩門，好半天才出來一位中年尼僧。經過商量，他們主僕二人可以借宿一夜，但只有簡單房間，茶和晚飯恕無款待。

祠堂裡非常清幽，壇桌上簡單雅緻的陳設了痘母娘娘的聖像。左右兩排長廊，長廊的盡頭是客房，客

房前有一庭園，庭園中有涼亭，涼亭有柱，每一柱子
上各有一句詩。

青夜夜何在，醉臥仍復起。
月色照庭除，徘徊吟不已。
問我何所思，霄漢橫秋氣。
性情萬古同，莫逆稱知己。

——三元居士　李靖

　　花曜堂看完李靖的題詩，心底連連讚嘆。這位當
朝的賢士，曾經是越王的幕僚客卿，後來帶走了越王
宮中的紅拂舞伎，路上又巧遇虬髯客，三人仗義行俠，
這「風塵三俠」就成了坊間佳話。李靖後來投靠李世
民，切磋治國修身之道，最後卻又領了李世民的千里
寶馬「黃龍駒」再度投奔越王。越王不但沒有記仇，
反而更加禮遇他，甚至每有天下豪傑求見時，越王一
定要李靖坐在旁邊上位。李靖的賢德名氣，就此傳揚
天下。

　　花曜堂研判這首詩，應該是李靖還默默無名時，
和他一樣借宿此寺而留下的抒懷詩作。那幾句「霄漢
橫秋氣」、「莫逆稱知己」，充分表達出他為了治理天下

木蘭奇女傳

而尋覓志同道合的朋友，能夠忍耐但不消沉，能夠包容卻不同流，真的是一位把個人小我完全奉獻給時代的真賢能。花曜堂心底打定主意，將來進京，一定要去拜訪李靖；也期望自己這一生能廣結天下賢士，以每個人不同的才德，結盟成最完美的賢士精英群。

※　　　　　　　　※　　　　　　　　※

「所以，爺爺在痘母祠立下了誓言？」木蘭似懂非懂的問。她還不知道，十年後，這位和她爺爺同一輩分的李靖，會和她後來的生命安危，有著非常重要的關係。此刻的木蘭，一心只想聽「痘母祠」的故事。

※　　　　　　　　※　　　　　　　　※

花曜堂那天借宿在痘母祠，人雖然入睡了，但心思卻好像一直醒著。屋外庭園裡的動靜，鵜鴣鳥的咕咕聲、秋蟲的呢喃、果蝠拍翅的風動，花曜堂隱隱約約都聽得見。半夜，忽然一陣鐘鼓，管簫齊鳴，花曜堂發現自己置身在祠堂大殿。痘母娘娘坐在殿上，左右各站了一個女童，殿下又有十多個大漢羅列兩側。殿中跪著一位婦人，低著頭，渾身發抖，不停的求饒。

痘母娘娘語氣嚴厲的責問：「水痘這種病症，和天理萬物運行的道理一樣，總是頭三日發燒；再三日開始發苗，水痘從頭和臉開始發，再來發到四肢；三天

以後，水痘變成水疱慢慢出水；最後三天漸漸結痂。總共十二天的病程，和天宮運行的道理完全一致。妳為什麼不遵守這個規則？還自作主張變出一些災難的預兆，讓百姓又是殺雞祭天又是設酒拜神。當了神祇的差役，還這麼任性，讓天下小民痛苦，妳知不知錯？」

說完，痘母娘娘命令左右大漢杖罰八十，才打了四五杖，婦人便呼天搶地的哀號。花曜堂不忍心，趕緊出面向痘母娘娘求情。

「住手。」痘母娘娘喝令。「今天看在花先生的情面，就原諒妳這一次。往後千萬不要再任性了，要時常體念天下父母心，孩子生病時最令父母揪心。一切疫病都要合乎天理，讓它順順的發生，千萬不要再胡來了。」痘母娘娘說完，命令眾人退下，只留花曜堂，讓左右侍婢掌燈、設筵。

「花先生認得我嗎？」痘母娘娘問。花曜堂抬起頭仔細看，只覺得有些面熟，卻記不起來何時見過。

痘母娘娘淺淺一笑，說：「沒關係，認不得就罷了。你我前世有善緣，所以今天我請福德正神為你引路來到這裡。」痘母娘娘接著說明，剛才的審案杖罰，是刻意要測試花曜堂是否仍如前世一樣，有一份仁慈

寬厚的心地。

「請問娘娘，為什麼您認得我，我卻記不得您呢？」花曜堂此刻分不清是真是夢，經歷到前所未有的奇妙幻境。

痘母娘娘說：「你前輩子幫助我潛修向道，可惜我功夫還差一截，雖然成了小小的正神，但還是受限陰陽兩界，只能掌管人間福禍，管理一點百姓災祥而已。」

「怎麼樣才能達到修行圓滿的境界呢？」花曜堂覺得自己讀了一輩子的孔孟儒學，但總還是有一點缺憾。就像稍早讀到李靖的詩：「性情萬古同」這一句，那是一種穿透過去、現在、未來限制的豪氣，他覺得自己就是少了那份豁達和果決。

痘母娘娘說：「古聖先賢經世濟民之道，講的重點都是『盡心』。盡心，就是把個性中會猶豫不決、不知如何是好的迷惑除去，把真實的性情修練出來。這個修練如果能做到時時刻刻、自然而然，就是『明心見性』。明心見性的時候，見到天地萬物都

有同一真理，同一真理中又有千奇萬變的呈現。豐饒和貧乏互相交流，好壞和利弊相生逆轉，動靜相隨，善惡一念。」

　　花曜堂還想再問，但痘母娘娘看出了他的心意，笑著制止：「你別再多問了，天機不可洩露。心無欲念則空，心有主宰則誠。儒家、佛家、道家，這三條路，你不管怎麼修，把握住這『空』與『誠』，講的不外乎就是盡心、真心，最終的真理都是一樣。」

　　「我今天聽聞您說的道理，什麼都不再去想了，能不能就讓我留在痘母祠，向您學道潛修？」花曜堂覺得自己的眼睛前所未有的明亮，頭腦前所未有的靈光，而心，更是前所未有的平靜富足，當下向痘母娘娘請求。

　　痘母娘娘回答：「這裡不宜久居，你還是趕緊回到家裡，真正的重責大任，還是在你的家裡。」說到這裡，天色漸亮，遠方幾聲雞鳴。一切景象就在曉色中漸漸消融淡去……

　　不久，看守寺廟的尼僧開始做早課了，花曜堂雙手奉上五兩銀錠，表示感謝。尼僧笑容可掬的接下，說：「我本來從不收取供養的，但前不久得夢，痘母娘娘命我快往別處安身。可是我身無分文，不敢遠行。

今天您的銀兩，正好成了我上路的盤纏。」

「法師，您要往何處去？有沒有什麼打算？」花曜堂詢問。尼僧笑笑搖頭。

「往西陵去，如何？」花曜堂建議。

「啊，我想起來了，多年前李靖曾為我算過一卦，正是說西陵可去。」尼僧說。

「那太好了，我就住在西陵縣雙龍鎮，家中有兩個兒子定國、安邦。您可出示我的手書，家中孩兒會為您安排一切所需。」花曜堂寫了一張字條交給尼僧，最後才請問尼僧法號。

※　　　　　　　　※　　　　　　　　※

「慧參法師！」木蘭聽著故事說到這裡，小手已在桌上一排名帖，指出了慧參法師那一張，爺孫倆相視而笑。花曜堂從不輕易說出這段經歷，痘母娘娘的話中玄機，這麼多年來也都擺在他心中。沒料到，一個尋常的初秋，他居然對著五歲孫女說了出來。

故事傾吐後，心如明月，念若止水。爺孫倆都沒料到接下來，他們的生活有了一百八十度的大轉變。

7. 分別，是這樣嗎？

秋末時節，<u>木蘭</u>病了，不是別的病，正是出水痘。

一天下午，<u>木蘭</u>在書房裡用功，昏昏沉沉就趴在書桌上睡著了。近傍晚，「<u>蘭兒</u>，<u>蘭兒</u>，晚餐要開飯囉！」大堂哥新娶的媳婦一路從走廊上叫喚<u>木蘭</u>，走進書房，發現<u>木蘭</u>趴在書桌上。桌前的窗戶大開，晚風灌得一屋子寒氣。

「哎喲，我的媽呀——」新媳婦搖醒<u>木蘭</u>，被<u>木蘭</u>的模樣嚇了一大跳。

「嗯，我怎麼睡著了？」<u>木蘭</u>覺得渾身乏力，後背頸椎像有火在燒一般。

「<u>蘭兒</u>，妳怎麼寫字寫到臉上啦！」<u>木蘭</u>趴在墨紙上，未乾的墨汁就印上了她的臉頰。新媳婦一邊忙打水替<u>木蘭</u>洗臉，一邊又忍不住被逗得發笑。

「堂嫂，您幾歲？」<u>木蘭</u>仰著臉，讓新媳婦為她擦拭，一邊和她聊天。這個堂嫂，是<u>木蘭</u>生活中頭一次出現的年輕小娘子。在此之前，<u>木蘭</u>從來沒有一個同性的朋友。

「我十六歲。」新媳婦說。

「妳叫什麼名字？」自從初秋新媳婦娶進門，<u>木</u>

蘭一直叫她堂嫂。

「我啊，我是劉氏。」

「劉氏，那是妳的姓，妳總有個名字吧？」

「在家裡的時候，家人都叫我蓮蓮，不過那是隨便叫的。嫁了人，我就沒名沒姓，簡簡單單一個劉氏罷了。」劉氏說得輕鬆，心裡沒有一絲複雜的念頭。

木蘭對這個答案可不滿意。她不明白，為什麼女孩兒長到差不多年紀，就要嫁人？嫁了人，就要忘了自己生長的家庭，忘了自己的名字，忘了兒時的玩伴，從此以後，全心全意附屬著夫家過生活？當小女孩的時候，可以說「我喜歡吃桃，不喜歡吃梨」，嫁了人，就變成了「有什麼就吃什麼，桃和梨都一樣」！有的女孩兒也讀書識字，但朗朗上口的，不外乎就是勤儉持家、婦德嫻淑。

劉氏為木蘭拭淨了臉，貼貼她的額頭，「哎喲，好妹妹，妳在發燒呀──」說完，她趕緊站起身把不斷灌進寒氣的窗戶關上。

接下來，木蘭就這樣迷迷糊糊發了三天的高燒。

第四天，一顆癢癢的小痘子在木蘭寬廣圓潤的額頭上冒出來；過了中午，第二顆小痘子在右臉頰上冒了出來；到了夜裡，滿頭又刺又癢的小痘子，藏在頭

髮下面。媽媽一直陪在旁邊，溫柔的提醒木蘭：「不可以抓喲，水痘抓破了，會留下疤哦！」

「頭髮裡面好癢啊！」木蘭躺在床上，一會兒煩躁的扭動著身體、一會兒踢著腿。

「好吧，媽媽幫妳按摩一下頭皮。」媽媽溫柔的為木蘭撓撓頭皮，一邊逗她開心的說：「蘭兒將來萬一要剃頭當尼僧，滿頭的水痘疤，豈不笑死人了！」

母女倆正說笑，木蘭的爺爺和父親推門進來。

「阿爹！」木蘭一骨碌從棉被裡鑽起身，伸長雙臂，迎向父親的懷抱。

「爺爺！」向父親撒嬌完，木蘭又伸長雙臂也要爺爺抱一下。

「阿爹您要出遠門，就別讓蘭兒靠近，免得她傳染給您！」花安邦向父親做了一個制止的手勢。

「什麼出遠門？爺爺要出遠門？」木蘭吃驚，跌回棉被堆上。

「蘭兒聽仔細了，」花曜堂的聲音很正經，但眼神裡泛著溫暖的光，「爺爺過幾天要去京城一趟，一方面應試科舉，但最主要還是去和幾位老朋友敍敍舊。這裡留給妳伯父和妳父親當家，爺爺很放心……」花曜堂不顧家人的勸阻，仍然走近木蘭的床沿，在床邊

坐下來，扳起木蘭的小臉，拂開她的瀏海，細細看著
她臉上水痘發展的情況。

「蘭兒要繼續用功。」爺爺本來要說「最放心不
下的就是蘭兒」，但看到木蘭強忍淚水，一臉堅決的表
情，再一次覺得這孩子的氣宇不凡。「蘭兒既然習字讀
經了，就一天也不能荒廢，爺爺已經幫妳安排好很棒
的老師囉！」

不知道是這場病消耗了木蘭的鬥志，還是爺爺將
要出遠門的消息讓她完全失去了力氣，木蘭昏天黑地
的在床上又躺了七天。

第七天，花曜堂要上路了，身邊只帶著家丁李福。
木蘭由媽媽牽著，勉強在中堂大廳為爺爺送別。

「蘭兒乖，爺爺去去就回來。」
花曜堂從沒料到，這麼大半輩子幾次
出遠門，就這一次心情最沉重。聰
穎的小孫女，咬著下唇，微微鎖著
眉頭，她在忍受生命中頭一次的分
別。看著她的模樣，花曜堂覺得心肝上
被刀割了一下。

花曜堂把三張名帖交給木蘭，「蘭兒拿好，這三位
是爺爺為妳安排的老師。蘭兒好好學習，等爺爺回來，

讓爺爺看看蘭兒學到了什麼。」

　　木蘭一低下頭看那些名帖，眼淚就不爭氣的嘩啦啦流下來。

　　家人催促爺爺上路了。木蘭和媽媽、奶奶、堂嫂都止步在中庭。這是自古傳下來的家規，花家的女子，不得邁出中堂。

　　木蘭懷裡握著她未來老師的名帖，頭倚在媽媽的裙角裡，一邊流著淚，一邊側耳聽著大門外的聲響。她想像爺爺和李福上了馬背，家丁劉東會先餵馬兒吃一把紅糖，然後往馬屁股上一拍，馬兒就跨出步伐了。劉東會繼續叫其他家丁朝爺爺的去路，撒幾把染成紅紅黃黃的米穀，象徵委請護法神一路保護爺爺平安。最後，幾名工人會把大門口灑掃乾淨，掩上大門，一切復歸平靜。

　　分別，是這樣嗎？木蘭止不住的哭，除了哭，她對於這個世界，還沒有其他的辦法。

第二章 小學生

1. 怎麼忘了

那年的冬天又溼又冷。

大堂屋瓦上的積雪凝成了屋簷邊的冰柱，又過了好幾天，才逐漸的溶化成了一滴一滴透明的水滴。爺爺不在的大堂屋，窗不開，燈不點，清清寂寂了整個冬天。沒有爺爺的消息。

阿爹媽媽特別容許木蘭，在幾個降雪的寒夜爬上他們的床。「蘭兒來給媽媽暖腳！」花安邦故意這樣說，讓木蘭擠在雙親中間，就像雛鳥瑟縮的依偎著成鳥取暖。媽媽還特別縫製了一個紅色的寬邊頭巾，前額的位置上用細針繡了一隻青色的小鳥。「蘭兒快成小大人了，瞧，多好看！」媽媽說。然而，沒有爺爺的消息。

大伯母親自做了貓耳朵湯，一片片錢幣大小的薄麵皮，湯底加了羊奶、切成小段的脆菇、晒過的蘿蔔乾、紅包穀、渭河的鮮魚漿。「女孩兒每七歲脫胎換

骨，男孩兒每八歲才蛻一層皮。蘭兒馬上七歲啦，可得好好養一養。」大伯母就兩個兒子，覺得男孩子都是臭狗熊，女孩子就是晶瑩剔透的水玲瓏。大冬天，大伯母一會兒熬了糖梨膏，一會兒又做了肉角封，總是給木蘭留一份。木蘭在抽高，長手長腳伸出袖筒、褲筒一截了。但是，沒有爺爺的消息。

「蘭兒，怎麼一整個冬天都不開心似的？女孩兒，心眼不要像釘子一樣！」大伯母要媽媽勸一勸木蘭。

「嫂嫂，您媳婦有好消息了沒？」媽媽岔開話題，探問木蘭的堂嫂劉氏是不是懷孕了。

「男孩兒八歲真的蛻一層皮嗎？」木蘭問大人。大人們又笑開了。

木蘭知道，心眼兒像釘子一樣是不行的。如果爺爺在家，鐵定也會管教她。

問題是，爺爺去了京城，沒有說什麼時候回來。

以前每天都是爺爺親自教導她，木蘭覺得自己每天都進步一點，每天都多學了一點。學問、知識是木蘭可以運用想像力無限馳騁的天地，她不曉得那個天地的邊際在哪裡，但肯定比她們花家女眷能夠活動的範圍大很多。現在，爺爺去京城了，阿爹為她督課，但只是一味的重複以前爺爺教過的。爺爺說安排好三

位老師了，但從十二月到陽春三月，都沒見著一個影子。

「今年風雪特別大，好幾條路都封了。」花安邦解釋。

像揮不去的一團霧，又像醒不過來的一個夢。一天早上，木蘭還是隱隱約約覺得不開心。家丁劉東在院子一角發現一窩地鼠，弄了一團破布包，捧進來給木蘭看。新生的小地鼠，一隻隻光溜溜的，眼皮還黏著，爪子和尾巴薄得透光，受到驚擾，慌得拚命往黑裡鑽。

「可以養嗎？」木蘭問。家人沒一個敢作主。推來推去，最後說要問奶奶。

就這樣耽擱一早上，五隻小地鼠，四隻凍僵了，一隻還有點餘溫。福婆說家裡不可以養老鼠，養老鼠會咬米袋，說什麼也要把最後一隻丟回院子角落。

木蘭沒想到會這樣，是她想要養小地鼠，卻害得四隻斷了氣。她想要彌補，把最後一隻養活下來，但和眾人的立場都不一樣。

她想到阿爹媽媽對她百般疼

愛，小地鼠應該也有爹爹媽媽吧？

父母養育恩，匪祗如天地。
天地生萬物，父母獨私我。

爺爺教她習字的第一堂課，講的就是天地大慈，
她怎麼忘了呢？

怎麼忘了呢，爺爺怎麼忘了要趕緊回家呢？

怎麼忘了，約好的老師，怎麼忘了來呢？

越想越悶，<u>木蘭</u>「哇」的一聲哭出來，扭頭就朝
書房外跑。

2. 長衫人

「哎喲──」<u>木蘭</u>一頭撞進一個青灰色長衫人的
懷裡。

那人柳樣兒細瘦，幸好身手靈活，向後退了幾步
才沒摔倒。

周遭突然一陣喧鬧。

「哎哎，小心小心！」<u>花安邦</u>原本正要上前迎客，
被這突如其來的情況嚇到愣在半路。

媽媽手上還拎著女紅，從房裡探出半身來，想知

道發生了什麼事。

劉東在一旁不停搓手。

福婆叉著腰，擋在通院子的路口。堂嫂劉氏聽到嘈雜聲也正要趕過來。

這一團混亂中，木蘭盯著眼前的人，笑了。

青灰色長衫人被眾人迎往中堂大廳，「請上座，快請上座！」

木蘭在長衫人面前雙膝一跪，眼角還噙著淚，聲音卻藏不住喜悅的又甜又脆。「蘭兒給老師請安。」說完，俯身一磕頭。

「蘭生，請起。」青灰色長衫人摘下頭上的灰呢帽，露出一顆剃得青青的光頭，雙手合十向木蘭的父母行禮。

「慧參法師吧，好久不見了。」花安邦回禮。

「抱歉來晚了。」慧參法師一邊把帽子戴上，一邊說：「去年深秋收到花老先生的疾書，當時我正在木蘭山閉關期間，所以延誤了一點時間。」

木蘭打量著眼前爺爺為她安排的老師。霜雪初融的三月，尼僧竟然只穿了件薄薄的長衫，僧襪、僧鞋和綁腿也都是青灰色的，手腕上有一串念珠，是極為少見的青金石珠子，念珠上還有兩串更細小的銀質計

數器。除此之外，慧參法師一身清清淡淡，再沒有任何顏色和多餘的物品了。

木蘭跟著新老師，每日課程很快就步上軌道。

「蘭生。」慧參法師這樣稱呼木蘭，「世間萬物有日月陰陽、男女雌雄，這是自然的道理。但是有兩個時候，是超越男女分別的。」

「哪兩個時候？」木蘭問。

「當學生的時候和決心走上菩薩道的時候。」慧參法師說。

「可是，女孩兒不被允許上學堂，也不被鼓勵求取功名，男生女生差別可大了。」木蘭把她心中的不滿說出來。

「當個學生，只要妳想學、肯學，並不會因為身為女孩兒就學不好、學不來，是吧？」慧參法師把念珠從手腕上拿下來，以拇指和食指一顆一顆捏著，節奏緩慢但非常規律穩定。

「第二種呢？決心走上菩薩道，是什麼意思？」木蘭追問。

「決心走上菩薩道，就是修行的路、學佛的路。這是大丈夫的事情，要有大決心和大勇氣。」慧參法師說到修行，臉上總是奕奕發著亮光。對她而言，那

是非常棒的一件事。

「不分男生女生，下了這樣決心的人，就是像獅子、像勇士一樣的人，也是沒有男生女生的差別。」慧參法師說完，屋外正好一群鴿子飛過天空，拍翅的聲音像鼓掌似的，讓木蘭對於慧參法師的話留下了深刻的印象。

一天，清明剛過，院子裡的樹尖新芽吐綠。一向沉穩靜默的慧參法師，把掌中的念珠俐落的纏上手腕，說：「今天不讀經練字了，我們要動動身體，練氣。」

木蘭瞪大了眼睛，沒料到當個小學生，還可以名正言順的跟著老師去院子裡玩兒。慧參法師將長衫一角拉到腰間束緊，寬口衫袖兩手一繞一轉，就變成緊口袖了。「吐氣、吸氣——」慧參法師示範怎麼樣吐長長的氣，又怎麼樣吸深深的氣。

木蘭一邊規規矩矩的照著做，一邊在腦袋裡推敲，「慧參法師肯定會功夫！」木蘭在心裡自言自語：「第一天見面，我撞上她，照理來說一般人肯定跌個四腳朝天，她卻沒有！」木蘭細看慧參法師，看不出她到底是跟福婆一個年紀？還是跟阿爹一個年紀？又或者是比堂嫂大一點，比媽媽小一點？

「蘭生，練氣要專心，手到，眼到，心到。別滿

木蘭奇女傳

腦子怪念頭亂轉，小心功夫學不來。」慧參法師像讀透了木蘭的心思，不輕不重的念了她一頓。

「嘻嘻。」木蘭覺得真是好玩極了，爺爺果然是爺爺，連為她安排老師也有許多要用心體會，才能發現到的奧祕之處。想著想著，木蘭趕緊專注凝神，跟著慧參法師的口訣一步一步學習。

然而，這時，庭院那邊的窗口，站著一個人影，卻滿腹憂愁的嘆了一口氣。

3. 野丫頭

「蘭兒的爹，別說你不擔心！」連著幾天瞧見慧參法師帶著木蘭在中院練氣練拳，木蘭的媽媽從窗外轉回身子，對屋裡的花安邦說。

「妳不要瞎操心嘛，老師是爹給木蘭選的，慧參法師又是一個出家人。」花安邦走到窗邊，也往院裡看了一眼，繼續說：「而且，蘭兒還小，動動手腳有助於她長大，不是挺好的嗎？」

「我是怕她沒個閨女樣，變成了野丫頭。將來人家說我們教女無方，沒有人敢娶她，豈不喪辱門風了。」木蘭的媽媽拿起針線活兒繡了兩針，因為心煩，繡不下去。

「野丫頭？嗯，我倒有點希望她是個生龍活虎的野丫頭哩！」花安邦又看了看在院子裡練得滿頭是汗的木蘭，眼神裡一副「有女萬事足」的模樣。

「我看不出那慧參法師是什麼年紀。」木蘭的媽媽說。

「我推測應該四、五十歲有了。聽阿爹聊起，這位慧參法師行止不凡，可能是前朝的宮人。」花安邦從窗邊回到座位上，隨手拿起一卷書，卻沒有翻開，繼續和夫人聊天。

「文帝逝後，許多宮女不願跟隨煬帝，都出家修道去了。行蹤越是獨來獨往、低調隱密的，當年在宮中越是一等一的高手。」

「是啊，從前都說選進宮裡，就是女孩子最好的歸宿了。結果一經亂世，改朝換代，這些人人稱羨的宮女都成了飄游不定的浮萍。」

「所以我希望咱們的女兒，有她自己的主見，選擇她自己的人生。咱們不要太去干涉！」花安邦說。

「我還是比較希望蘭兒將來有個好婆家，在家相夫教子，織布彈琴，妥妥當當過一輩子。」木蘭的媽媽說。

院裡正在認真練氣練拳的木蘭，根本不知道爹媽

這樣討論了她的將來。慧參法師教給她的功法，不只是雙臂側揮、平甩，吐氣、吸氣。她喜歡「屈膝按掌」時，看似往下蹲，整個人的身長反而有一種拔高的感覺；她喜歡「野馬分鬃」這個動作，在緩慢靜定的招式裡又有一種氣勢和力道；她更喜歡「猿臂鶴嘴」這個有趣的動作，心想：「為什麼一手鬆弛像猿猴的手臂，另一手又弓緊如野鶴的尖嘴呢？」

「先別理會心裡頭那些問題。」慧參法師輕描淡寫的回答木蘭：「妳要利用這些功課，文的也好，武的也好，先認識自己的心性。看看它是一隻小野獸，還是一隻小黃狗。」

「不管它是什麼，妳都要學會把它放出來。」慧參法師說這話時，以兩隻手指直刺木蘭的眉心，師生二人彼此凝視了好一會兒。

許多問題後來都自己找到了答案。

練氣練拳幾個月後，木蘭發現拿起毛筆來，手腕有股柔勁且不僵硬。筆畫之間就像拳法或鬆或緊，自然協調又完整相連。她覺得慧參法師看起來輕鬆自在，但其實「真人不露相」，還有許多「獨門祕技」要視機緣才教給她呢！

4. 法華經

「蘭生，今年幾歲？」一天，慧參法師這樣問起。

「虛歲算七歲了。」木蘭恭敬的回答。

「法華經裡面有一則故事：有個龍王的女兒，八歲，聽聞佛法以後，就把許多無價之寶送給佛陀，佛陀立刻接受了。八歲的龍女在靈山會上許多菩薩面前，證得了至高無上的圓滿覺悟。」慧參法師說。

「她怎麼辦到的？是因為龍女送寶物給佛陀嗎？」木蘭從沒聽過龍女的故事。

「不是。」慧參法師抿嘴笑了，「每個人都有無價的寶物，那就是佛性。龍女雖然是個小女孩，但也有佛性。」慧參法師在木蘭手中寫了「佛性」兩字。

「她聽完佛陀的講經說法，毫無疑惑，也毫不怯懦、不恐懼、不憂慮。她就是自然放鬆的做好該做的事情。」慧參法師又在木蘭手中寫了「鬆」這個字。

「所以她在當下就完成了所有的菩薩行，證得了

像佛陀一樣的智慧。」慧參法師說完微微弓身，像在行禮。

「哇！」木蘭心裡想，這位八歲的龍女，今後就是她的偶像。

「法華經在說些什麼？」木蘭問。

「法華經是經中之王。」慧參法師雙手合十，仰望天際，眼中好像看到璀璨的星河，映射出萬丈光芒。

木蘭不禁也跟著抬起頭仰望天空，她只看到盛夏的晴空，萬里無雲，蔚藍無際。

「我們說，不讀法華不知佛智慧，不讀華嚴不知佛富貴。」慧參法師隨手把這兩句寫在紙上。接著說：「法華經教人們如何實踐三件簡單的事情，那就是正念、慈悲和愛心。」

「正念、慈悲和愛心？」木蘭小心翼翼的問，這三個字眼，在她的生命中第一次出現。

「嗯，大丈夫要有勇氣和決心，又要柔和善巧，然後要堅忍、虔敬和奉獻。最重要的是要有愛，這份慈愛，可以使火海變成蓮花海。」

話語稍歇，慧參法師又說：「沒有愛的人，就像枯木一樣，生不出力量。心裡沒有慈悲愛心的人，很寂寞。有些人，經常陷在敵意裡，因為心裡頭只有苦沒

有甜，所以對自己殘忍……也對別人殘忍。」

　　小小的木蘭聽到這裡，眼淚不自覺流下，咬著下唇，似乎全都聽懂了。

　　　　眾生被困厄，無量苦逼身；
　　　　觀音妙智力，能救世間苦。

　　　　　　　　　那一天，木蘭的功課，就是這兩句偈子。

　　　　　　　　　那一天，木蘭開始讀誦法華經。

　　　　　　　　　自從那一天起，木蘭經常在心裡輕輕呼喊：「觀世音菩薩。」

　　慧參法師最後說：「佛道如是，心存忠孝；念念觀音，守護人道。蘭生，這個要好好記牢。」說完，慧參法師自言自語的說：「是時候了，我應該為蘭生引薦下一位老師了。」隨即著手寫了一封書信，交代劉東趕去送信。

5. 狗與獅子

　　信送出去了，接下來的，就是等待。

中秋節的那一天，七歲的木蘭讀完了整部法華經。慧參法師說：「僅僅只是學習和思維佛法，就會有功德。為了避免我們在習氣的大染缸裡，一不小心毀壞了它，所以通常我們做完功課，會做『回向』。」

　　「為什麼呢？」慧參法師自問自答，眼神像甕子底一樣深沉靜謐，「我們將它供給無邊無際的虛空去封存。回向出去，就是菩薩的了，我們再重新開始，像個小學生一樣。」

　　「回向出去，就是菩薩的了。」木蘭端正身子跪坐，雙手合十，跟著慧參法師念回向文。忽然，腦海裡出現了爺爺的身影，和離家分別時所不一樣的，是腦海中的爺爺鬍子全白了，騰雲駕霧、神情愉快。木蘭被腦海中自然浮現的景象迷惑了，和爺爺分別後的各種情緒，一下子攫住了她的心口，忍不住抽抽搭搭哭了起來。

　　慧參法師微微吃驚。
　　等木蘭停了哭泣，慧參法師問明原因，然後說：「佛法其實就是『修心』」。修心的方式有

兩種，一種像小黃狗，一種像小獅子。」

　　木蘭抹乾了眼淚，靜靜的看著慧參法師，等她繼續說下去。這是頭一回，不需要大人哄她，自己就停住了哭泣。

　　「狗呢，妳向牠丟根棍子，牠會跑去追那根棍子；獅子呢，妳向牠丟根棍子，猜猜獅子會怎麼反應？」慧參法師說。

　　「哇嗚——」木蘭雙手曲張成獅爪的形狀，擺在臉頰兩側，學著幼獅嘶吼了一聲。

　　「正是，如果妳向獅子丟根棍子，獅子會朝妳追來。」慧參法師說：「當小狗或當獅子，這兩種過程妳都必須經歷。」慧參法師伸手抹去了木蘭眼角一滴未乾的淚珠，「當感覺的『棍子』一來，整個人就跟著起起伏伏，是小狗的階段；當有一天妳不追著感覺上上下下了，反而回過頭看看『丟棍子的是誰』，那就是小獅子的階段了。」

　　「慢慢體會吧。」慧參法師說完，向木蘭做了一個合十的動作，木蘭很自然的也趕緊雙手合十回禮。慧參法師接著唱了另一首回向文。

　　慧參法師的歌聲，在秋風送爽的天幕襯托下，像是從大森林裡傳送出來的一股氣味，乍覺得淡薄、縹

紗，卻又深沉、多面。木蘭呆立一旁，心裡想著，如果這感覺就是棍子，我應該去追它？還是轉過身，面對拋出棍子的人？然而，是誰拋出這感覺的呢？

師生二人就這樣靜靜的在院子裡參悟自己的心性。木蘭認真的模樣，真像隻毫無畏懼的小幼獅。

就在這樣幾乎凝結的時空裡，前堂大廳裡熱鬧了起來。

「老夫人，千戶長和巡檢來拜訪了！」劉東像個陀螺似的來回奔走，先去通報了花定國、花安邦，再快步走到最裡間的廂房，向木蘭的奶奶報告狀況。

同時，穿廊上好幾個年輕家丁小步奔忙了起來，有的備茶備點心，有的開窗點燈。

「還有更重要的客人，即刻要到？」花安邦加快了步伐，從大堂屋裡朝木蘭和慧參法師所在的葡萄架走去。

花安邦先向木蘭眨了眨眼睛，然後恭敬的向慧參法師微微一拜，說：「重要的客人，即刻要到。小鎮上已經熱鬧起來了，地方公差都先到了，請法師也往前堂大廳去吧。」花安邦作出請移駕的手勢，另一隻手卻在轉身時敲了敲木蘭的腦門兒。

木蘭像得到了神諭，高興得幾乎跳了起來。

6. 人生在世方便第一

「阿爹!」情急之下，木蘭壓低嗓門喚住她父親。

「真的不能到大廳去看看嗎?」木蘭用哀求的眼神看著她父親，臉蛋紅通通的，眼底兩團熱烈的火焰，摒住呼吸，期待他特別通融一次。

花安邦敵不過她的懇求，只好低聲交代:「找一套小廝的服裝換上，到大廳裡別太顯眼。」

十二名公差持著寶劍與旗子，首先進入花家大廳，訓練有素的排列在大廳兩側。花定國、花安邦、慧參法師三人靜立在大廳主位。第一位進來的客人，人高馬大、濃眉黑面，年約五十，腰間佩著兩隻竹節鋼鞭;第二位進來的客人，圓頭闊肩、有個酒窩、笑臉吟吟，年紀比花安邦略輕。

「在下山東麻縣，尉遲恭，字敬德。」竹節鋼鞭的大漢先拱手報名。

「在下太原牧守，長孫無忌。」笑臉吟吟的書生也隨後報上姓名。

「歡迎兩位先生大駕光臨，我是湖廣西陵花曜堂長子，花定國。」花定國拱手抱拳向前一拜。

「我是花曜堂次子，花安邦。兩位先生遠道而來，

一路辛苦了。」花安邦也抱拳鞠躬。

「貧尼釋慧參，多謝兩位師兄
前來。」慧參法師雙手合十，垂目致
禮。

在賓主坐定、上茶，一
陣寒暄的空隙，大廳通往中
堂的走廊柱子後，出現了一
個眉清目秀的小男孩。鈷藍色的書僮
帽，淺藍棉布背心短褂，一身小相公裝扮，唯獨腳上
一雙暗紅色繡花鞋有些突兀。他咬著下唇，一雙大眼
睛，圓溜溜的見著什麼都驚奇的模樣。

賓主雙方才剛喝了第一盞茶，人稱心田居士的尉
遲恭忽然站起身，雙手抱拳向花定國、花安邦兄弟一
拜。「我尉遲恭能有今天，都是因為曜堂兄當年在進京
的路上，出手相救。」身高近九尺的山東大漢，說起
救命恩人，立刻紅了眼眶。

尉遲恭坐下，稍微定了定情緒，啜一口茶，繼續
說：「我本來是農家子弟，有幸得到地方官推舉，進京
趕考孝廉。沒想到，到了京城卻投親不遇。」尉遲恭
把他如何受到花曜堂幫助的往事說了出來。他病倒在
旅店，一病八十天，旅費用盡，連衣服臥具都拿去典

當了，只好寫幾幅字，讓旅店賣了抵住宿費用。

　　花曜堂看到了尉遲恭的字，詢問店家，得知尉遲恭落難的窘境；不但慷慨解囊，還讓李福就近照料，直到他把病養好。

　　「我受曜堂兄一個多月的照料，病全好了。想到萍水相逢，卻平白無故受此大恩，如何報答？」尉遲恭往大腿上一拍，低頭慚愧，繼續說：「曜堂兄告訴我的話，我一輩子不會忘，他說：『人生在世，方便第一；力到便行，不在望報。』」

　　「多謝敬德賢叔這趟來寒舍，父親對於木蘭的教育，十分掛心，還要請賢叔費心啟蒙了。」花安邦以茶代酒，向尉遲恭致謝。

　　事實上，尉遲恭受花曜堂的照料之後，花曜堂還致贈了一封銀子，大約五十兩，並請尉遲恭繼續進京。因為花曜堂認為以他的賢德才能，若能為朝廷做事，那是天下蒼生的福氣；而尉遲恭果然不負期望，受到朝廷重用，留在長安籌組兵武學堂。

　　另外一位長孫無忌，和尉遲恭一樣，也是朝廷職官。

長孫無忌的家在洛陽城外七十里之遙，一間客棧茶棚的對面。家門貧寒，只有他和老母親靠釣魚為生。幾次地方推舉孝廉，他因為母親年事已高，怎麼樣都不肯應考。一次花曜堂路過這間茶棚，看到對面的草寮柴門上，貼著一幅對聯：「貧窮千古恨，富貴一時難。」端端正正的楷書，讓花曜堂斷定寫字的人有志節又曠達，兩人因此相識。

一番徹夜長談，花曜堂發現長孫無忌的談論都是經世濟民的理想，心底非常喜歡。相聚幾日後，了解了長孫無忌的難題，在於上有高堂老母。長孫無忌向花定國、花安邦以及慧參法師說：「當時，花老先生收我為義子，還致贈三百兩銀錢，請人為我娶了一房嫻淑的好媳婦，讓家中老母有人服侍。」

「無忌兄的才略，我們聽父親提起過。」花定國說。

長孫無忌笑著繼續說：「和尉遲將軍一樣，我依您父親所囑咐，進西京見李靖大將軍。經他推薦，我被唐公的二公子李世民留用，在太原興校建學。」

「我們都是因為花老先生的幫助，才能在今日對眾生、對天下、對家國有點奉獻。」慧參法師一邊說，一邊取下了腕上的念珠，持誦起來。

「我向兩位師兄保證，花老先生的門風，絕對令兩位不虛此行。」慧參法師話中有話，露出神祕的微笑。

「哦？法師的意思是……？」尉遲恭想再追問。

「法師指的是花老先生最得意的那小孫女？」長孫無忌環顧了在場每個人一眼，大膽的推測。

躲在柱子後的木蘭，突然聽到大人們提到了她，嚇了一大跳。緊咬著下唇，兩手握拳，豎尖了耳朵，還想再往下聽。但心臟狂跳、渾身發抖，不知如何是好，只得先悄悄退回中堂。

7. 良 師

大唐長安兵武學堂首任校長尉遲恭將軍，字敬德，號心田居士。木蘭恭恭敬敬行了弟子大禮，稱他為敬德老師。

敬德老師的教法非常特別，首先他見到木蘭的書房井井有條，就把書房全搞亂了，要木蘭在亂七八糟的書房中練字。甚至不准她在書桌上練字，隨時隨地有了紙筆，就要她默寫幾篇讀過的經書。

後來，發現木蘭有過目不忘、經耳即熟的背書能力，敬德老師就要木蘭一邊打拳一邊背書，或是一邊繡花一邊背書。有一回還要她一邊剝豆角，一邊把南北朝的歷史大意重複一遍。

在花園裡，敬德老師就和木蘭聊節氣草木，聊春夏秋冬。最後把這些天地間的自然道理，和人情社會的倫理又串在一起，「大多數的人，都想太多了，想得太複雜了。知天命，知人心，就是這麼容易的道理，就是這麼容易的道理啊！」敬德老師哈哈大笑。

木蘭挑著眉，看著敬德老師，很想知道他在京城裡的武術學校，是怎麼樣的學習氣氛？每個人是擲擲沙包，接著就若有所悟的哈哈大笑嗎？還是每天刺刺長槍，然後對操場邊的花樹吟風對月呢？

敬德老師的教法，讓木蘭不知不覺間培養了對學問、對大人、對威權挑戰的勇氣。

而無忌老師的教法又有不同。

無忌老師善於拆字，例如「我」這個字，是一撇加一提手再加一個戈。一撇即是「一人」的意思，一提手即是「這一個人向外伸出了一隻手」。什麼情況下會「伸出一隻手」呢？就是這個人想「向外要什麼」的時候。當「一個人想向外要什麼」的時候，通常會

怎麼樣呢？通常會引起「干戈」，靠著動刀動槍動武，來得到想要的東西。

　　<u>無忌</u>老師說：「所以啊，這個『我』是個大麻煩，不是一個好的字。不認得『我』，更是一個大災難。像天地一樣最可敬的人，就是『無我』的人；像風雲一樣自在的人，就是識得了『我』，並且完全調伏『我心』的人。」

　　<u>木蘭</u>似懂非懂，但從此以後，自己經常把字拆開來細細想。例如「和氣」的和，就是一把稻禾一張嘴，如果吃飽了呢，大伙兒就會和和氣氣的，一切都好說；又例如「明亮」的明，日也明，月也明，白天和黑夜其實一樣都充滿了光亮，只不過人們錯覺的以為只有白天有光可以利用，其實黑夜也有光可以運用。

　　「哎呀，我真擔心妳不好好學，盡學些歪理啊！」一天，<u>木蘭</u>和媽媽在奶奶房裡陪著聊天，媽媽聽完<u>木蘭</u>的話，擔憂的嘟噥著。爺爺不在家的這兩年，奶奶睡不好的毛病犯得更嚴重，健康一日不如一日。只有<u>木蘭</u>來到她房裡時，有說有笑，才恢復點生氣。

　　「<u>蘭兒</u>屬木，妳看她那『<u>木蘭</u>』的木，多麼頂天立地啊！孩子的媽啊，妳放心吧，我們<u>蘭兒</u>不會學歪理的。」奶奶也學著拆了個「木」字，十分得意，眼

角笑得擠出了眼油，揉著眼呵呵笑個不停。

「『歪理』的歪字呢，就是不正；不正呢，並不一定全是壞事。有時候，就是要繞個彎兒，來個所謂的『歪打正著』吧！」木蘭逗著奶奶開心，又隨口來個拆文解字。

轉眼又是一輪年歲到頭。木蘭在三位良師教導下飛速成長，不只是學問的增加，心智的啟迪更是前所未有的。別看她自幼生長在花家中堂，大門不出、二門不邁的，卻是個能思維天地、體會蒼生的八歲小女孩。

8. 女孩兒的傷心

日有陰晴，月有圓缺。花家上下人疼人愛的木蘭，生活裡好像什麼都不缺：院子裡有她喜愛的花花草草，書房裡有成堆的知識寶山，三位一時之選的私塾教師又以獨特的教學方法，開拓小女孩的視野。一日日成長的木蘭，還有什麼事兒令她皺著眉頭呢？

在花家大宅裡，每個人的年紀都比木蘭大很多。十六歲的堂嫂劉氏嫁進花家後，是唯一年紀和木蘭較接近的女生。新媳婦入門的頭兩年，木蘭和劉氏兩人還有機會無憂無慮的聊聊天兒，後來劉氏有喜了，就較少到木蘭這邊的廂房來。

又過了一陣子，聽說孩子保不住，木蘭去堂嫂房裡看她。「暫時不能下來玩嗎？」木蘭坐上堂嫂的床，牽起她的手。

「還不行，腿沒力氣。福婆說，要像坐月子一樣，補一個月，才能再出去。不然，頭吹了風，就鬧頭痛，腰吹了風，就鬧腰疼，要小心，是一輩子的事。」劉氏斜倚在炕上，有氣無力的回答。

「會疼嗎？」木蘭小心翼翼的問。

「沒感覺，其實不疼，但心裡就是難受。」劉氏說著，揪緊胸口的衣襟，把臉別開來，不想讓木蘭看到她哭。

「別哭啊，為什麼難受？」木蘭輕輕推推劉氏，女孩兒天生的細緻，貼著心。

「其實也沒人急著要我當媽，可是我總想，趕快當了媽，就可以有事情忙著。生一個忙一個，這樣，生活挺有目標的。」劉氏抹掉淚水，哭紅了鼻頭的臉，

仍有幾分稚氣。

目標？<u>木蘭</u>從堂嫂房裡出來，突然不知道「目標」對她而言，是什麼意思。但她知道她的目標和堂嫂不一樣。

半年以後，<u>劉氏</u>再度有喜了。這一回，全家上下都不讓她下床走動，在孩子沒順利產下以前，也沒有人透露給老夫人知道。<u>木蘭</u>去探望<u>劉氏</u>幾回，她躺在床上，身體腫了一倍，肚子真像塞了個小枕頭。<u>福婆</u>把她的媳婦，也就是<u>小狗子</u>的媽調來幫忙。

<u>木蘭</u>覺得和<u>劉氏</u>說不上話，兩個人就像隔了一層紗，想要聊什麼都不帶勁。「妳好白，趁沒人注意的時候，咱們到院子裡晒晒太陽吧！」<u>木蘭</u>說。

「不行，萬一孩子又留不住，妳堂哥會失望的。」<u>劉氏</u>回答。

「那麼，咱們繡點什麼，給小寶寶當禮物。」<u>木蘭</u>起身要去找針線。

「不行，他們說孕婦不能動針動剪……」<u>劉氏</u>回答。

「那多悶啊！」<u>木蘭</u>覺得胸口有一團火藥快炸開來了。

「別悶，我快當媽了，妳該為我開心。」<u>劉氏</u>說。

　　九月懷胎，<u>劉氏</u>生下了一個小男孩，但產後沒幾天，<u>劉氏</u>就過世了。<u>木蘭</u>沒見到她，沒跟她道喜，也沒跟她告別。家人全忙著迎接新生兒，似乎來不及悲傷。

　　<u>木蘭</u>覺得又悲傷又孤單，她看看自己的手，看看自己的腳，又在水銅鏡裡看看自己的面容。十年以後，十七、八歲的她是什麼模樣呢？<u>木蘭</u>完全沒辦法設想，但她很篤定一件事：「我不會像一般女孩一樣，走別人設定的『目標』。」從那天起，<u>木蘭</u>開始留意所有屬於她的、能夠自己做決定的機會。

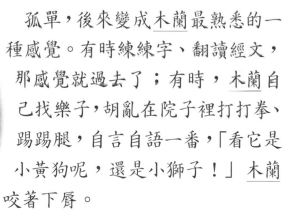

　　孤單，後來變成<u>木蘭</u>最熟悉的一種感覺。有時練練字、翻讀經文，那感覺就過去了；有時，<u>木蘭</u>自己找樂子，胡亂在院子裡打打拳、踢踢腿，自言自語一番，「看它是小黃狗呢，還是小獅子！」<u>木蘭</u>咬著下唇。

　　就在這時，一百一十里之遙的<u>東源縣</u>，一位氣色紅潤、滿頭白髮的老先生，想起家鄉小孫女自幼咬著下嘴唇，堅毅又惹人疼愛的模樣。他，正是<u>木蘭</u>盼了好久，正在歸途的爺爺。

9. 爺爺要回來了

　　入秋後的某一天，<u>木蘭</u>一大早起來就覺得眼皮跳個不停。媽媽為她在眼皮上黏了指甲大小的紙片，仍不見停止。

　　早課時，<u>尉遲恭</u>故意打翻了硯臺。<u>木蘭</u>抱著雙臂，不驚不慌，心想：「老師今天又要嚇唬我什麼？」

　　<u>長孫無忌</u>正好走進書房，見到硯臺和潑出來的墨汁，像發現稀世珍寶似的，拉著<u>尉遲恭</u>和<u>木蘭</u>坐下來。「可有意思了，今天非比尋常啊！」<u>長孫無忌</u>年紀較輕，偶爾玩興一起，打謎語似的機智逗趣。

　　<u>尉遲恭</u>和<u>木蘭</u>不約而同的問：「怎麼說？」

　　<u>長孫無忌</u>說：「這硯臺，就像是城池；這墨，就像是糧餉。這紙張，就是兵陣圖；而筆呢，就是刀鞘了。寫字時的心意，是將軍；寫得熟不熟、好不好的本領，是副將；這下筆、收筆的出入，是軍陣號令。」<u>長孫無忌</u>說到這裡，忍不住得意的看看<u>尉遲恭</u>，又看看<u>木蘭</u>。

　　「<u>蘭</u>兒懂了嗎？」<u>尉遲恭</u>問<u>木蘭</u>。但沒等她回答，隨即對<u>長孫無忌</u>說：「<u>無忌</u>兄能文能武，真是敬佩啊！」

兩位老師相視大笑。木蘭夾在筆墨紙硯和大人的笑聲中，冷靜的把剛才長孫無忌的話又反覆想了一遍。這話裡，她只懂得兩個竅門，一是將軍，一是號令。寫字時的心意，心浮氣躁則筆亂，心正氣闊則筆沉。如果筆到、氣到、心到，那麼下筆和收筆就像聽了將軍號令的兵卒，說攻就攻，說停就停。

至於其他的比喻，木蘭只能猜測，尤其「筆是刀鞘」，她完全捉摸不出意思。

唐武德六年，木蘭八歲，在湖廣黃州府西陵縣雙龍鎮的花家宅邸，第一次聽到「兵法」。講述給她聽的兩位老師，正是新唐「凌煙閣二十四功臣」排名前列的長孫無忌和尉遲恭。

「教她兵法，不曉得花老先生會不會把我們兩人趕出門？」

長孫無忌對著尉遲恭說，但眼睛卻盯著木蘭看。

「是一塊璞玉，就要拋光，」尉遲恭回答，「就看這塊絕世好玉，會

有多少良緣來琢磨吧。」

　　話才說完，院子裡熱鬧起來。劉東從大堂衝進二堂，手上揚著一封信東。就像蜜蜂追著花蜜一般，全家大大小小都朝劉東趕去。長孫無忌牽著木蘭走出房門，尉遲恭從窗戶一個翻身，也跟著出來。

　　花定國接過了信箋，和花安邦對看了一眼，掩不住興奮的神情。兄弟倆同時去迎接母親，等花老夫人在中堂上位坐定了，才拆開信。

　　「是父親，父親要回來了！」全家人都咧嘴笑開來了，比過新年還興奮。小嬰兒在眾人歡呼聲中「哇」的一聲哭起來，一時之間，屋裡更為熱鬧了。只有三位老師和木蘭，一點也不受影響的靜靜聽著信中內容。

第三章 蛻 變

1. 笑個不停

花曜堂捎回的家書中，沒有確切說明回家的日子，只說會在中秋前七天先到達鄰鎮的觀音寺，一位大霧山的無我法師將升座說法，並邀請地方七位賢士同往。這七位賢士當中包括尉遲恭、長孫無忌、慧參法師、花安邦兄弟，以及另外兩位鄉紳。信中並說明：上午請善男子到經堂聽講，下午則請善女人去聽講，「男女有分，清規不越」。

什麼？為什麼？「男女有分，清規不越？」木蘭一聽到最後這句話，聲音拔高了八度，尖著嗓門大聲抗議。

「沒事啦，蘭兒，我們全家都去。大法師要講法，這個機會真是太難得了。」花安邦趕緊安慰木蘭，避免年紀最小的她，在全家人面前咄咄逼人講道理。

「可是，阿爹，」木蘭明白父親在幫她，但她在

乎的事情，是別人都不覺得有什麼不妥的事情，木蘭說：「上半日是男子聽法，下半日是女子聽法。為男子說法，講的必定是天地至真、生命實相的道理；而為女子說法，卻不過是些因果報應、婦德倫常的故事。」

　　木蘭環顧在場的大人，萬分沮喪的說：「如果是這樣，奶奶和媽媽說的故事就很好聽啦！」

　　抗議歸抗議，機會，是留給隨時都準備好的人的。

　　還有七天就是中秋節，青峰鎮的觀音寺一大早就有絡繹不絕的善男信女湧入。寺裡薰香鳴磬，大家禮佛攝心。無我法師升座前，天空還降下一場太陽雨，雨中虹霓映現，吉兆連連。

無我法師升座後，首先感謝護法信眾，說自己中年出家，德量不足，只能說一些大家都知道的佛法故事和經典；佛陀智慧廣大浩瀚，自己因為資質愚鈍，難以全然了解，只好吟誦一些禪偈，歡迎在座善士批評指教。

無我法師高聲念出第一個偈子：

　　無生父母，淨土家鄉。生我無我，空作昂藏，認取歸路兮莫徬徨。

　　現場一片寂靜，金鼓敲了又敲，就是沒有人接腔。

無我法師又念出下一個偈子：

　　未生我兮誰為主？既生我兮主我誰？大道不明空費力，水中明月誰得見？

無我法師念完，左右僧人沒一個敢接話。聽法的賢士有的側頭細思，有的呆若木雞。突然從人群中走出一個頭戴青帽巾，身著藍布衣，年約八九歲的小學

木蘭奇女傳

生，直直走到法座前，合掌一拜，朗聲回答：

　　未生我今天為主，既生我今心為主，大道若明
　　不費力，水中明月空中畫。

　　無我法師一聽，忍不住驚喜，端詳眼前俊秀的小
學生，合掌再問：

　　明月在天，水在田，空中何來畫可見？

　　小學生不慌不忙的回答：

　　水中明月因緣顯，三者相和似顯現；空中彩畫
　　如風相，雖顯猶空空而顯。

　　無我法師一聽，忍不住的稱讚：「善哉善哉！」繼
續以禪偈對問：

　　顯空雙融見無生，輪迴涅槃一性同；還我本來
　　真面目，本地風光即淨土。

對機的小學生，聽到無我法師說「還我本來真面目」，嚇了一跳；又看到無我法師從法座上站起身往下走，小學生「哎呀」一聲，轉頭就往寺外跑。

無我法師原本只抱著一般講經說法的心情，希望盡其所能為鄉里的善男善女，說一些慈悲度世的佛法。完全沒料到會有一個清俊的小男孩，能夠和他應機對答，不但出口成章，思維理路也都深入佛理。無我法師走下法座，原本打算想向小兄弟行禮，沒料到小學生拔腿就跑，像隻鼯鼠一溜煙就不見人影。

講堂上人人議論紛紛，直誇剛才應機對答那一幕，真是太神奇了，應該是上天知道大法師的道行高深，所以派天人下凡來示現的吧！

只有花曜堂和慧參法師從頭到尾，不為所動。慧參法師嘴角掛著淺淺的笑，獨自閉目數著手中念珠。花曜堂則笑了起來，心中似乎有說不出的無上滿足。

離家兩年的花曜堂，還沒回到家，就在寺廟裡的法堂上笑個不停，一路笑回家。

2. 爺爺的奇遇

那日在觀音寺上無我法師與小學生的一問一答，言語間勾出了佛法中最重要的根本道理：世間萬物本

來無生，既然無生怎麼會有「我」呢？然而如果說「無我」的話，又如何感知這世間似乎有層出不窮的事情發生？那就是存乎一心。如果一切都是心的作用而已，那麼很多事情，其實都是像「水中月」一樣，是在條件剛剛好的情況下而顯現。也就是：有個明朗的月亮、有座湖泊、湖面靜得像面鏡子，這三個條件同時都有的時候，「水中月」就出現了，而且看起來就像真的一樣！

這些道理和譬喻，以前慧參法師曾和木蘭在院子裡的小水塘前討論過。自從上回得到父親默許，偷偷扮了一次男裝溜到大廳去看新老師後，木蘭就悄悄的開始準備適合的男裝、男鞋、男帽。

機會，是留給隨時都準備好的人的。

膽識過人的木蘭變裝小學生，混在男士聽法的講堂上，忍不住就和無我法師對機回答。但是當她聽到無我法師說：「還我本來真面目」時，心裡狂跳了一下，以為法師可能看穿她是女扮男裝。眼見無我法師走下法座，朝她走來，只好腳底抹油，溜之大吉。

惹得花曜堂笑個不停的就是這件事。但三年不見孫女的爺爺，如何認出那喬裝的小學生是自家姑娘呢？

花家一家人為花曜堂接風，喜慶團圓的酒宴上，大家津津樂道的問花曜堂，他說：「那小子認真聽問題的時候，就偏著腦袋；一有把握的答案了，就咬著下嘴唇。還用說，誰家孩子是這副模樣啊？」

　　「哎喲，老爺子，這事兒別再傳揚了，我們蘭兒不知道還有沒有人家敢要啊？」花老夫人說。

　　接風的酒宴連開三天，鄉里賢士都來拜訪。花曜堂無分貴賤，一一向鄉人寒暄敘舊，講述著這次出遠門所經歷的奇遇故事。花曜堂說起他與當今朝廷重臣李靖見面，兩人聊的竟然是「花」。提起喜愛的花朵，花曜堂說：「丹桂氣濃而致遠，芝蘭香潔而棲幽，籬菊傲霜而形單，唯有蓮花出汙泥而不染。」李靖則說：「我喜歡孤潔的花，不依春神指令，不需綠葉相襯，在冬雪中還能噴異香，在早春以前率先挺靈秀。」

　　「梅花。」花曜堂說。

　　「嗯，梅花。」李靖回答。

　　兩人的友誼就在這樣的問答間建立了。花曜堂拜李靖為兄，李靖把他生平學問的精華，毫無保留的與花曜堂分享：「天地間一物生一物，又一物剋一物，自有其道理。只要參透其中的關鍵，不管身處什麼領域，都能創造極致、匯集同源。而這些道理的參悟，最重

要且最困難的，在於自己的心，最大的敵人也是自己的心。」

「下士養形，上士養心。」李靖說。

花曜堂因為這句話，決定一心修心，不再求取官職；李靖愛才，但不強留，兩人依依不捨話別。李靖請花曜堂若是遇到合適的英雄豪傑，務必寫一封推薦信給他，讓賢士為國家盡忠。

花曜堂雲遊四方，陸續拜訪了昔日舊友，包括鹿鳴村的鄉里私塾教師魏徵，善於經濟之道的房玄齡，山東豪傑秦叔寶，寫了一手好字的褚遂良。這些人一一在花曜堂廣結群賢的善緣下，串成了一條線；也一一經由他的推薦信，見到了李靖，成為輔佐初唐君王的一代群賢。

3. 學會放手

花曜堂回家後沒幾天，可能是受了寒，也可能是這一路太顛簸了，他先是咳嗽，後來忽冷忽熱。咳嗽太劇，失了胃口，吃不下飯。人一不吃飯沒力氣，就這樣一病不起。鎮上群醫束手無策，都說花曜堂上了年紀，恐怕很難好轉，告訴花家上下：「可能要準備後事了。」

　　木蘭的三位老師，自從花曜堂返家後沒多久，就各自返回他們原本的來處。木蘭每一天都陪在爺爺旁邊，由爺爺提點六經和老莊的精要，尤其是老子道德經。爺爺每次講起老子李耳的學問精要，都說：「人法地，地法天，天法道，道法自然。蘭兒，妳看看，這『自然』有多麼重要。」

　　「順著事情本來的樣子，順著自然，順著走，千萬不要拗性子，但也要建立出自己獨特的樣子。既有妳自己的想法，也不刻意和眾人唱反調，強枝易折啊。」花曜堂雖然身體十分不舒服，但言語非常溫和，始終保持著愉悅的心情。

　　「蘭兒，切記切記，守柔、寡欲、居後不爭。」花曜堂喉嚨裡只能發出微弱聲音時，這樣說。

　　「蘭兒，依正和，依奇勝。」花曜堂咳得厲害，但阻止不了他滿腔想要授道的熱切。

「蘭兒，善戰者，無赫赫之功。」花曜堂已陷入時而昏迷，時而清醒的狀態。偶爾醒過來，仍是殷切的教導木蘭。

出人意外的，花曜堂的病從深秋一直拖到了次年盛夏。一天，整個鎮上的知了唱和得格外響亮，蟬音像海浪似的一個波濤接著一個波濤。

花曜堂突然短暫的完全清醒，喳喳嘴，說想吃點小米粥。福婆又驚又疑又喜的進廚房趕著做了。

家人不放心，都圍在床前。反倒是花曜堂盤坐床上，談笑風生。

花曜堂要木蘭也坐上床，九歲的木蘭俐落的端坐在爺爺對面。花曜堂要人從櫃子裡取出一包東西，細細打開布巾，裡面是三捲古軸。軸上寫著「奇門遁甲」。他將卷軸放到木蘭手中，「收好，這是爺爺此生最重要的寶物。」

花曜堂盯著木蘭，說：「死或病是沒有預告、不分時地，隨時會來臨的。要超越苦痛，必須正確觀照內心；要找到真正幸福的路，就要超越自我。」

「聽明白了？」花曜堂盯著木蘭說，但全家人都應聲：「聽明白了。」

「蘭兒，平常心是道。這個平常心，就是無造作、

無是非、無取捨、無斷常、無凡無聖。」花曜堂掰著五根手指數給木蘭聽。

「蘭兒，意思是說，要眠即眠……」花曜堂拖長尾音，要木蘭接下去說。

「要坐就坐。」木蘭接腔。

「熱時取涼……」花曜堂說。

「寒時向火。」木蘭說。

「真好真好。」花曜堂笑開來，有點兒喘，眼角泛著淚花。「蘭兒，每一代人的理想都不一樣。我追求佛道修真，妳父親追求安定和諧。妳呢，妳這一代追求什麼呢？我真想知道……」花曜堂的話音突然停止，盤坐的姿勢並沒有改變，只是胸口不再起伏，就像是進入了安穩的睡眠中。

木蘭的爺爺，花曜堂，四次保舉孝廉，最終留在家鄉教育子孫。一生禮賢才、敬良臣，更喜歡廣結賢士群俠。遇過許多英雄豪傑，也經歷許多不可思議的奇幻境界。這一生，終於含笑落幕。

花家大宅外，原本如潮音般的蟬聲突然安靜無聲。

鎮上每個人都看到，黃昏向晚的天空中，不知哪裡飛來成千上萬隻白鷺鷥，停在花家大宅外。

最後一抹夕陽紅暉下，一隻碩大的丹頂鶴，從花家飛向空中。冉冉拍兩下翅膀，就升入雲端，再也看不見。

其他白鷺鷥也在此時跟著振翅飛起，像是千萬道光束閃爍空中。

看到這番景象，村人都嘖嘖稱奇。

4. 丁雷與自由

花家宅門前掛著兩頂素燈籠。為了打理花曜堂喪事，花家遠近親戚故舊，陸續來到花家弔唁。花定國和花安邦身穿麻衣素服、散髮、蓄鬢鬚，日夜守靈，全家茹素。

木蘭和媽媽等女性家屬，則在中堂屋，不停摺著紙蓮花。一些遠房親戚姑母姨婆，也在中堂幫忙趕製孝服。下屋裡的人手更多，福婆鄉下老家的家人全都來幫忙，有的負責看灶、有的負責摘菜、有的負責買米麵。劉東也帶著老婆和兒子，負責整理墓地、搭建守墓用的柴屋。

木蘭在廚房門口瞥見一個熟悉的身影，「小狗子？」木蘭叫住對方。

　　那男孩搔著後腦勺，走向木蘭，但又有點手足無措。

　　「真的是你，小狗子！」木蘭迎上前，拉著對方的袖子，高興極了。

　　「喂！蘭兒小姐，我已經長大了，別再叫我小狗子啦！」男孩抗議。

　　「是呀，你真的長好高了，那麼我該怎麼叫你？」九歲的木蘭打量著，她知道自己個頭抽長，鞋兒穿不下了，衣服小了，連媽媽縫製的虎頭帽也戴不下了。但是，她完全沒料到，這些日子男孩子比她長得更快：個子比她高出一個頭，肩膀也變寬了，鄉下生活的磨練，大手大腳上可看見結實的筋絡。

　　「怎麼叫我？叫我名字啊。」男孩說，又搔搔腦袋。

　　「你貴姓大名？」木蘭認真的請問。兩人都不習慣這樣講話，「噗哧」一聲又笑了出來。

　　「我叫丁雷。」男孩說。

　　「丁雷。」木蘭在手心寫了一

遍這名字，「真有趣，我們倆的名字，都是上小下大。」木蘭拉著丁雷到中庭院落裡的水塘邊，用手指沾了池水，就在地上寫下木蘭和丁雷四字。

「上小下大會怎麼樣？」丁雷也寫了一遍。

「寫字、取名有六種忌諱。」木蘭說。

「妳真懂？說來聽聽。」丁雷雖是鄉下小子，但也好學多聞。

木蘭說：「字呢，上大下小主欺奴，上短下長奴欺主；下筆太重如釘頭，起筆太輕如鼠尾；上下皆重卻中氣不足，是蜂腰；轉折僵硬如鶴膝。至於這上小下大呢……」木蘭沉吟片刻，「我想是好事兒，將少兵多，如果去打仗，肯定贏面多。」

說完，木蘭紅了眼眶，兩行清淚就靜靜滑下臉龐。這情況，把丁雷嚇了一跳。

「沒事，我想我爺爺。」木蘭抹掉淚，咬咬下唇，笑了一下。

木蘭和丁雷兩人許久未見，一見面又毫不生疏。丁雷就在花家住下，兩人每天一起讀書練字，投機的話題聊個沒完。初時，只要談起讀書識經，木蘭每回必哭，後來漸漸的才不再感傷。

花曜堂發葬後，花定國和花安邦住在墳地旁的柴

屋裡守墓。兩人平日吃的穿的，就由丁雷負責遞送。

花家原以為接下來是三年沉寂、低調且平淡的守喪生活。

一天夜裡，靠近花家下屋後方不遠處，有幾戶街坊鄰居，隱約有些不尋常的躁動。

住在花家下屋的李福一家人，嗅到煙味，出去一看，赫見街坊鄰居的房子著火了。天乾物燥，火勢一起來就不可收拾。李福「哐噹、哐噹」敲著警鑼，花家人全醒了。家丁全都趕到下屋，忙著潑水、堆沙包。

「先建出防火牆，快！」劉東指揮家丁一起忙著。

「我看這樣不行。」大伯母看著後街街天的火光。

現在，大伯和木蘭的父親都不在家裡，大伯母就是當家。她憂心忡忡、來回踱步。很短的時間裡，她和木蘭的媽交換了一下眼色，兩人有默契的點了一下頭。大伯母說：「都先出去幫鄰居救火，救火先救命，救命先救老弱婦孺，快去！快去！」

水火無情。大火一直延燒到清晨，幾乎燒掉了半條街坊。

一點星子碎炭似的火花，飄落到花家的院落裡。

花家大宅就在家丁都出外打火救人時，被這竄飛的火星，引燃了下屋柴房。火勢從下屋一路往中堂、

大堂蔓延。

眼睜睜看著熊熊烈火變成了絲絲青煙，大家臉皮還覺得火焰熾熱燻烤，後頸卻開始感覺到清晨霜霧的寒氣。

黎明破曉時，大家灰頭土臉，全都成了無家難民，包括木蘭一家人。

在曉霧和火勢已滅的煙塵中，木蘭懷中緊緊抱著爺爺留給她的寶物。回首看著殘毀的家園，她想：「戰爭，是不是就如同這景象？」

然而在朝陽昇起的燦爛晨曦中，她又隱隱約約覺得好像卸下了什麼重擔。是什麼呢？她看著倒塌焚毀的門牆。

木蘭找到答案了。

是自由。

5. 高牆倒下

雙龍鎮的千戶長和巡檢，聽說一夜之間發生這麼重大的火災，全都趕來察看。在墳地守墓的花定國、花安邦兄弟也趕回來安頓家人。房屋完全付之一炬的，有二十幾戶人家。鎮廳依戶數人口先配給兩袋麵、一斤油。巡檢徐千秋從他表弟家挪出了一堂屋，暫供花

家老小有個住的地方。

千戶長李長春也寫了一封快信到縣城，稟明花家突遭變故。一天之後，縣城裡專人送信回來，說西堂鎮正好有個千戶長的職缺，如果花定國或花安邦二兄弟，有一人可以出任此職的話，花家將有糧餉，生活應可接濟。

花定國和花安邦兩人商討了半日，最後決定由長兄花定國出任這份公職。既然是公職，就不能拖延耽誤。三天後，花定國一家人帶著簡單的行李，出發前往西堂鎮。

奶奶和木蘭一家留在家鄉。鄉人們主動幫忙重建花家宅院，但趕不及在寒冬來臨前蓋好。所以接下來的冬天到隔年初春，木蘭一家人就克難的借住在他人家中。

這段期間，花安邦回到墳地柴屋繼續守喪。而奶奶做了一個夢，夢到金黃色和湖綠色兩朵流蘇穗子在空中飛舞，像是紡織機的梭子，又像是長槍上的纓絡。於是木蘭家女眷就在奶奶的夢兆下，決定捻線織布，補貼家用。

每十天半個月，丁雷送米送衣給花安邦；木蘭和福婆則出門去運河邊的市集買棉花。一朵朵晒乾去殼

的棉花球，裝在竹籠子裡，木蘭和福婆一人背一籠回來。然後木蘭和奶奶一起把棉花邊抽邊捻，拉成了細細的棉線，一縷縷線再由媽媽以梭機紡成布匹。福婆再把布匹送到染房，染成藍灰色或淡褐色。

有天夜裡，木蘭聽見窗外頭彷彿有小雞吱吱的叫，拉著丁雷兩人打著油燈尋聲去找，在水溝邊的草叢發現了一隻黃絨絨的小雞，可能是走丟了。兩人把小雞撿回來，暫時養在丁雷的房裡。

半年過去了，小雞長成一隻肥嘟嘟的蘆花母雞，牠每天清晨都下一顆蛋。有時雞蛋趁熱，就送去給花安邦吃，有時則留給奶奶吃。

「雞是五德之禽。」木蘭對丁雷說：「雞的頭上有冠，是文德；足後有距能鬥，是武德；敵在前敢拚，是勇德；有食物招呼同類，是仁德；守夜不失時，天時報曉，是信德。」

家中變故後，大半年的時間過去了，木蘭依舊利用時間自習不輟。簡單的勞務和每天走動，讓她在身形上更加俐落靈活。深宅大院的高牆倒下，木蘭依著前幾年讀書的基礎，反而更能主動學習。舉凡在運河邊或市集上看到的事、聽到的消息，都能引發她的興趣；

回到家，木蘭就翻看著身邊幾部書冊。在這樣自習中，木蘭好像也讀懂了些微的深義。

6. 木蘭二十四式

一天，木蘭從市集買了兩籠棉花，往回家的路上走時，被路邊一名雲遊僧叫住。

那位僧人服裝潔淨，戴著斗笠，沒有托缽，背後背著一根長棍，也就是雲遊僧人通常都會帶著的「打狗棍」。僧人上前向木蘭合掌，直接詢問：「小姐曾在無我法師座前聽法嗎？」

木蘭微微吃驚。一年半前的事情，感覺卻好像好久以前了。

僧人又問：「花曜堂老先生是您祖父嗎？」

「正是，但我爺爺已在半年前往生西方了。」木蘭回答。

「啊——」僧人輕呼一聲，眼神流露出些許意外和失望。

但僧人很快恢復平靜，他自我介紹：「我是法順，皈依在無我法師座前。上次在觀音寺時，曾親見小姐與我師父對機應答。師父最近在木蘭山寺院寄住，叮囑我送一件禮物給木蘭小姐，並要我代為問候花老先

生。」僧人不疾不徐一口氣說完。

「沒事別瞎聊，我們還得趕著回家弄飯呢！」福婆在前頭催促，木蘭一時不曉得如何回應才好。

「沒有關係。」法順法師特別留意了一下木蘭的身高，然後說：「明天我再拜訪。」說完雙手合十，微微一笑，神情愉悅的往反方向走了。

次日，法順法師果然找到了花家，交給老夫人兩串珍貴的象牙念珠。念珠上的結穗，一串正是金黃色，一串是湖綠色。奶奶收到念珠，像得到神祕信物，淚流滿面、不停稱謝。像是辦妥了一件生平大事，卸下心頭重擔，老人家心中再無牽掛，生死大關也就能輕易跨越。三天後，花老夫人便在睡夢中，安詳而逝。除了帶來無我法師託交的念珠，法順法師還囑託丁雷幫個忙，每天清晨想辦法讓木蘭溜到後院，並且幫忙把風。

丁雷辦到了。

木蘭在清晨溜到後院，由法順法師教她槍法。

「師父能觀因緣，」法順法師向木蘭解說，「他說

這套槍法，將來您會用得上。」說完就交給木蘭一根練習用的長棍，是依著木蘭的身高和手掌大小特製的。水杉木，硬中帶軟，極具韌性。

「槍法有二十四式，一個月內必須學完。」看得出來法順法師也是一位不凡的僧人：說話時神態自若，頭腦清醒；槍法非常俐落，點、撥、纏、掃、刺、挑，像是用長棍在空中寫書法一樣。不僅招式厲害，心意、眼神、渾身的專注力道，都和長棍融為一體。

木蘭突然記起長孫無忌和尉遲恭兩位老師教她的「筆是刀鞘」。從前練字、練氣，現在練槍，似乎都是在同樣的道理上，不斷精進，更上層樓。

木蘭只花了七天時間，就學完全部招式。接下來她每天早中晚各找一段空檔時間練習，手腳處處可見練功的瘀青。學習槍法的第三十天，法順法師一如往常和木蘭對招，長棍叩叩相擊，你來我往，一招一式越練越凌厲。原先法順法師出手，還留意對方只不過是個十歲女孩，但木蘭仗著個兒嬌小，發現法順法師身手之間屢屢出現漏洞。於是，木蘭直搗破綻，藉著身子輕、個子矮、腰腿軟的特色，反而節節進逼法師。

突然，哐噹一聲，一根長棍掉落地面，木蘭和法師兩個人都楞住了。

木蘭握著手中長棍，氣喘吁吁；法順法師拾起地上的棍子，眼中有一絲詫異，又有一點不解。

「小姐剛才使的是什麼招式？我們再試一次。」師徒兩人重新對招。就在三招之內，法順法師一個攻式出去，木蘭的長棍看似擋招，卻有一股尾勁在對方力道即將洩盡之前，將對方的長棍黏了過來。長棍哐噹一聲，再度應聲落地。

「再試！」法順法師撿起他的長棍，又和木蘭比劃起來。三回、四回，法順法師不再保留餘力，不管木棍掉了幾次，法順法師撿起木棍立刻又換了招式攻進。

木蘭滿臉汗汙，渾身是傷。起初雙棍格鬥間，木蘭還能趁隙出拳，到後來已經累得不想還手，但法順法師的長棍直逼她的眼前，她只好本能的左躲右閃。儘管已經談不上什麼招式了，但木蘭就是能在險要關頭把對方的長棍拉到地上去。

就這樣來來回回的對招，不知過了多久。

木蘭覺得雙臂已經麻木、毫無痛感，雙腿像是灌了鉛漿，再也移動

不了。有兩隻飛蛾，一隻青綠色，一隻粉黃色，在他們相擊的長棍之間飛舞。木蘭緊咬下唇，嘴裡感到一絲血水的鹹味，最後，眼前一黑，剩下耳朵隱約聽到丁雷不斷叫喚她：「木蘭！木蘭！」

7. 高人來指點

木蘭躺在福婆的稻草床上，直到第三天才悠悠醒過來。床邊一個小瓦壺咕嚕咕嚕燉著湯藥，床腳一把嶄新發亮的金穗纓槍靠牆立著。

福婆一邊擦手一邊進屋來，發現木蘭醒了，舉手要往木蘭身上打。選了半天卻不知道該往哪兒打才好，只好往自己大腿一拍，說：「妳一個女孩兒家，不顧性命了？自古像妳這年紀的女孩兒，不是饑荒餓死的，就是太早生娃娃難產死的。哪有像妳這樣，練武累死的？」

福婆口中碎碎念個不停，但臉上表情一點也不像在生氣。

丁雷聽到聲音，也進屋裡來，他鼻青臉腫，好像也挨了一頓修理。木蘭先向丁雷詢問了父親守墓的近況，趁福婆不注意，才偷偷問：「法順法師呢？」

丁雷一臉調皮，幸災樂禍的回答說：「被妳打敗，

回去找他師父搬救兵了。」

「真的？」木蘭瞪大了眼睛，「你看到我出奇招了？」

「看到了，精彩哇！」丁雷比出大拇指。兩個人吱吱喳喳，竊竊私語，就像一般十歲的孩子一樣。

幾天以後，木蘭發現那把金穗纓槍上，突然多了一個信筒。打開信件，上面寫著：「十六日清晨，往郊山草場，槐樹下等候。」署名的人是「無我法師」。

木蘭又好奇又興奮，和丁雷商量，怎樣才能在清晨溜出門。在等待的幾天中，好幾次，木蘭忍不住擊掌叫好，幸好丁雷機警，提醒她要沉穩，要不動聲色。

月圓第二日清晨，木蘭和丁雷說要趕早去市集買棉絮，卻悄悄越過市集往市郊走，一路走進被大霧籠罩的放牧草場。從草場向東再走一會兒路程，就看見那棵百年老槐樹。

一匹矮種白馬低著頭吃草，聽到木蘭他們靠近，白馬的耳朵機警的搧了兩下，朝向木蘭來的方向看。木蘭發現，這匹馬有一雙火紅的眼睛，眉心到鼻梁之間有一道栗色的短毛。白馬提高警戒，渾身肌肉抖動著，但牠不慌亂，就是用那雙紅澄澄的眼睛緊緊瞅著木蘭。

忽然，<u>無我</u>法師從槐樹後出現，像變魔術一樣，
毫無聲息。

　　明月在天，水在田，空中何來畫可見？

　　<u>無我</u>法師重新吟誦兩年前在<u>觀音寺</u>的對機禪句。

　　空中彩畫如風相，即顯即空隨心現。

　　<u>木蘭</u>換不同的說法，回應<u>無我</u>法師的問題。
　　「呵呵，真的是<u>花</u>老爺家的門風，對於佛法的空
性頗有領悟。」<u>無我</u>法師笑起來的聲音，像洪鐘敲響
大地，既爽朗又溫暖。兩人年紀相差了六十歲，但這
回一見面，卻有一種相識已久的感覺。
　　<u>無我</u>法師帶來這匹赤目白馬送給<u>木蘭</u>，教她騎乘
駕馭的方法。矮種馬的高度正好適合<u>木蘭</u>的身高，但
是<u>無我</u>法師說：「千萬別以為牠是普通的
白馬。有人說，牠是<u>南山</u>修道仙人化身，
要完成一個天機不可洩漏的任務以
後，才算完成修道。」<u>無我</u>法師拍拍
馬背，又略略整理了牠厚厚的馬鬃。

「對待牠，只有一個要點，就是『誠』。只要妳誠心誠意與牠相處，相信將來一定會有意想不到的善緣開展。」無我法師說。

就這樣，木蘭得到了一匹白馬，並由無我法師親自教導木蘭騎馬的技巧。

木蘭身手伶俐，但碰到赤目白馬這位新伙伴，還是吃足了苦頭。

第七天的時候，木蘭從馬背上摔下來暈了過去。醒來後，木蘭撫摸著白馬眉心的粟色短毛，低聲向馬兒說了許多「悄悄話」。

木蘭對馬兒說：「我不怕高，但怕痛，再摔一次，只怕我的眼淚就要蹦出來了。」

「我從小只能想像自己是隻黃鸝鳥，飛出大屋的高牆；現在高牆自動倒了，我多希望和你一樣，馳騁千里，跑去看看大漠和長安。」

「阿爹說，樹上的花每一朵都是獨特的，要我一定要堅持做自己；可是……我越來越喜歡騎馬練槍，越來越沒辦法織布繡花了……唉，我好想阿爹。」

第十天的時候，木蘭想到可以給白馬取個名字。「明駝。」木蘭對著白馬叫喚，白馬揚起前蹄，像人一樣站立起來，對空鳴嘶。「明駝。」木蘭又叫了一

聲。白馬由鼻子噴氣，點頭連連，好像對這個名字頗為中意。

騎乘技術之外，<u>無我</u>法師還教導<u>木蘭</u>走馬射箭，前後總共一百天。時序入秋，草場上霜氣濃重，<u>無我</u>法師身體逐漸顯得疲累，只好預先安排未來的課程。他交代<u>木蘭</u>要持續練字、練氣、練槍，現在還多了兩項，一是騎馬射箭，一是馬上揚鞭。每一種功夫，都要<u>木蘭</u>琢磨出自己得心應手的二十四式。

「再送妳最後一個心訣。」<u>無我</u>法師說：「妳知道恆心的這個『恆』字怎麼拆解嗎？」因為即將和法師分別了，<u>木蘭</u>不想故作堅強，兩行熱淚簌簌流個不停。一哭，腦袋就不靈光似的，一片空白。

「恆心的這個『恆』字，別無玄奇，也就是『心』與『月』同天同底。心，像日月一樣長久，就是恆心的意思。」<u>無我</u>法師說：「千古以來，只有心像日月一樣能夠堅持下來的人，才能夠有所成就。」

草浪滾滾，分別的那一刻還是來了。「十二年後，<u>大霧山</u>上見。」<u>無我</u>法師說完這句話，轉身邁開步伐，留下掛著淚痕、緊咬著下唇的<u>木蘭</u>。

此刻，<u>湖廣黃州府西陵縣雙龍鎮</u>郊外的草場，已是一片深秋景色。

8. 小團圓

花安邦結束三年守喪回來的那天，木蘭像往常一樣，天剛亮就到草場練馬射箭。她騎在明駝上，連發十六箭，箭箭射中紅心。在刺木林邊，灌木叢裡好多野果紅熟了，木蘭揮舞長鞭，咻咻兩聲，野果就由鞭子上帶回到木蘭懷裡。不一會兒，已經滿懷野果了，木蘭輕快的笑了出聲。

經過三年墳地守喪的生活，花安邦看來瘦削又蒼老。他見到木蘭長得秀麗又俐落，渾身散發一般鄉野女孩從沒見過的氣息，忍不住激動落淚。木蘭投入父親懷抱，哽咽的說不成一句話。

父親背駝了，木蘭長高了。父女倆見面一言未發，但又好像已經把三年來的點點滴滴都傾訴了。

雖然大火使得花家住的不再是深宅大院，而是尋常的泥土瓦屋，花家女子的生活卻不再局限於二堂屋，這反而令木蘭成長許多：她儒釋道三門融

會，兵書戰策般般通曉，走馬射箭樣樣皆能；更為了貼補家用，每日殷勤織機，織出平整結實的好布料。所以鄉里有米有肉的農家，經常帶了食物來花家交換布匹。

「我說小姐啊，妳也別太得意。雖然妳樣樣讓人放心，但是啊，哪有個姑娘家像妳一樣吃那麼多米飯的？」福婆故意取笑木蘭。家裡，目前只有福婆和丁雷知道木蘭偷偷學了三年的武功。

「該怎麼告訴阿爹呢？」木蘭自問，她想向父親誠實相告。自從慧參法師教她練字練氣，尉遲恭教她長拳，長孫無忌教她兵法，法順法師教她長槍，無我法師教她騎馬、射箭和甩鞭……她已經不是當年那個在二堂屋的花園裡，對著小動物自言自語的小女孩了。

花安邦回來後，鄉里文武州官又開始來家中找花安邦商量要事：長安、洛陽各有群雄割據勢力；國境西北邊，東西突厥又開始頻頻叫陣；高祖沉迷後宮嬪妃，已經生了二十多個兒子，但對於三年不朝不貢的邊陲鄰族，卻漠視不管。

武德九年，木蘭十一歲。六月初一，太白金星在白天出現於天空正南方的位置。按照古曆天象的看法，這是「變天」的象徵，是暴發戰爭或改朝換代的徵兆，

代表要發生大事了。

　　數天前，花安邦與州官巡檢等人商討要事到半夜，送客時著了風寒，幾日來不見好轉，更添病勢。這天清晨他做了一個夢。清早木蘭正要溜去練武，花安邦便叫福婆把木蘭找去房裡。花安邦對木蘭說：「蘭兒一向聰慧。今早我做了個怪夢，夢到一隻青羊向我撲來，我和牠搏鬥了半天，結果拉住羊尾巴，卻連著把羊心給拖出來了。那青羊墜地，化身成熊，咬住我的腳趾，但我並不怕，反而覺得身心舒泰。這個夢，妳認為如何解釋呢？」

　　「羊兒加心，是個『恙』字，但因為是青羊，所以阿爹近期微恙；微恙之後，熊兒銜足，意思是說阿爹這場病癒，就有夢熊生子的吉兆。」木蘭解夢，全家人個個歡喜。媽媽半信半疑，叨念著說：「她還是個孩子，小女孩兒的話，能信嗎？」

　　就在一家人和樂歡笑的同一天，花安邦收到了徵兵令。軍令來自秦王元帥尉遲恭，令書上說：「東西突厥邊境多擾，十三省兵馬都已成軍，唯獨湖廣德安、岳州、黃州、永州等郡尚未提調。今令花安邦速調湖廣十二府郡人馬，以提調總管之職，於明年開春發兵到京城集訓。」

花安邦收到軍令，幾次想站起來，又倒下床去，「軍令如山，只有半年的時間，我怎麼還能臥病在床？」一家人連忙勸阻。歡樂的氣氛在收到軍令之後，一下子全消失了。這些年來這個家庭經歷最多的課題，就是「無常」。

　　木蘭看到父親倒下，忍不住大喊「阿爹！」噗通一聲跪在床前。

9. 雌雄難辨

　　「阿爹，」木蘭跪在床前說，「您不在家這段期間，幾位明師暗中教導蘭兒文武絕學。許多機緣環環相扣，阿爹將有添丁之兆，軍令又即刻到來。我沒有兄長，但願能夠代父出征，貢獻文武所學，保衛家國及天下百姓。」

　　木蘭這番話一說出來，全家大大小小頓時沸騰了起來。木蘭的媽媽、李福、福婆，還有丁雷，全都湧進堂屋，蘆花母雞在院子裡咯咯咯來回踱步著，屋外不知誰家的土狗也神經質的猛吠。

　　屋裡悄無聲息，一隻小綠蠅有一搭沒一搭的飛撞著窗紙。花安邦低頭沉思，媽媽慌張的看著每一個人，福婆搓著手，丁雷緊緊站在木蘭身後。

「我早收到了<u>無我法師</u>的信件，說妳在武藝方面頗有奇才。妳是我三次去<u>南山</u>祈求，才求來的孩兒，就像是仙人賜給我的孩子。爺爺特地為妳安排的幾位老師，也都說妳是善門之後，如果是男兒，未來不可限量。可是……」<u>花安邦</u>話講到這裡，突然哽咽。

「老爺，」<u>丁雷</u>突然出聲，大家都嚇了一跳，「小姐大賢大孝，我也願意生死相依，陪伴她一同出征。有刀劍來替她擋，有猜測顧忌時替她掩護。」

<u>丁雷</u>話一說完，<u>木蘭</u>的媽媽和<u>福婆</u>，兩人都放聲大哭。

「別哭，別哭啊！」<u>木蘭</u>過去摟著媽媽，又拍拍<u>福婆</u>。雖然自己也是滿臉淚水，但是一片天寬地闊的新鮮局面，讓<u>木蘭</u>渾身充滿了電流。

「阿爹，您看這樣好不好，」<u>木蘭</u>咬了咬下脣，說出心裡的妙點子，「明天就叫<u>丁雷</u>出去放話，說出門多年的大少爺昨夜裡回來了，兵法武藝，件件學全。老爺抱病，少爺代接軍令替父出征。」

第二天清晨，<u>木蘭</u>將兩鬢的頭髮剃去，原本的麻花辮改為少年頂髻，繡花衫裙換成青布長衣、藍褲紮腿裝，牽來明駝白馬，手執金穗纓槍，往父母面前一站，果真像個俊挺的文武少年。

父母對於木蘭的變裝，雖然滿意，但仍然不放心。李福、福婆和丁雷，對於木蘭的扮相給了幾句忠告。

李福說：「軍中龍蛇雜處，沒必要，別開口，免得人家懷疑妳怎麼細聲細嗓。」

福婆說：「瞧妳的臉蛋，還是女孩兒家的模樣，不能叫妳去抹點馬糞，但從今以後妳就別洗臉了。臉蛋黑一點，身分才安全。」

丁雷說：「沒事別咧嘴笑，平常眼睛也別瞪那麼大。」

木蘭記牢這些叮嚀，按計畫演出了「大少爺回家，決定代父從軍」的情節。

三個月後，黃州府四縣十二鎮各家，一一按照軍令派出青壯男丁共三百人。木蘭代父擔任提調總管之職，在州府教場上集訓這些鄉親弟兄。

又三個月後，木蘭的媽媽果真生了一個白胖胖的男娃兒，取名木村。花安邦老來得子，鄉親紛紛上門賀喜。

花木村滿月酒的前五天，木蘭仍在州府教場做最

後一回演兵操練。木蘭以提調總管的身分，親自交付三百弟兄寫了姓名的軍牌，再一一分發安家錢糧，叮囑弟兄，速速返家道別，再過七日就要啟程。

這時，法順法師即時趕到教場，要求木蘭當眾演練一番武藝。

「當眾演武？」木蘭在心裡琢磨法順法師的用意。

「少將太年輕，所以要展現更大的威德能力，才能讓弟兄們信服；這趟返家辭親之後，也才會安心再來，追隨少將出征。而留在家鄉的父老，也才會對於子弟的前程懷有希望。」法順法師說：「看起來微不足道的動作，卻能帶來信心與希望。多一分用心，可以招致意想不到的順緣。」

於是在三百弟兄面前，木蘭換上銀白鎧甲，躍上明駝白馬，開弓連發十六箭，俱中紅心，弟兄官兵喝采鼓掌；木蘭一個翻身，跳下馬背，拿起金穗纓槍，將二十四槍法一路使開，槍尖所指之處，如有炮竹啪啪作響；木蘭收腿立槍，弟兄

官兵才正要再次歡呼，<u>木蘭</u>立刻揉腰按掌，二十四路長拳凌空虛擊，教場的黃土砂石隨著拳頭如花綻動。全場三百將兵的士氣，如雷震動，歡聲不歇。

「咱們<u>花</u>少將，武功蓋世。」一個弟兄說。

「我敢發誓，<u>花</u>少將一定是<u>趙子龍</u>再世。」另一個弟兄說。

「安啦，安啦，我看我們緊緊跟著<u>花</u>少將，這趟出征，鐵定能為國建功啦！」又一個弟兄說。

集訓三個月，鄉親弟兄平日就感受到<u>木蘭</u>帶兵演陣的不同凡響，現在又親眼見識到<u>木蘭</u>精湛的武藝，個個信心滿滿，歡歡喜喜的回家辭親。

喝過了弟弟的滿月酒，<u>木蘭</u>向父母拜別。身著銀色鎧甲，頭戴紅纓帽盔，<u>木蘭</u>跪在地上向父母磕了三個響頭，<u>花安邦</u>和媽媽簇擁上來抱著<u>木蘭</u>。一家三口，大哭不止。

「今夜，也許就是最後一回的女兒淚了。」<u>木蘭</u>心想。

第四章 展 翼

1. 馬鳴啾啾

黃州府三百弟兄，就在木蘭的領軍下，踏上煙塵漫漫的沙場之路。

沿著官道向北而去，到京城三千里路，除了偶爾經過幾座灰撲撲的村鎮，路途上的自然景色倒是變換萬千。澄黃的土山，有些翠樹剛冒出新綠；灰白的石山，有些螞蟻搭出一墩一墩紅色窩林；墨黑的湍急溪流，有些浮冰慢慢融化了；青碧的緩流小河，也見到一群群過境的雁鴨。

木蘭帶領三百名鄉里弟兄應召進京。每天天還沒亮就上路，急行軍，大約到太陽快下山時就找地方紮營。營中大小兵丁、馬兵、步卒、旗長、隊長、長槍手、短槍手、左巡、右哨、軍師、舵首，一一在列。這支精悍又有信心的小隊，連趕七天路程，預計再半天就可以進京。

這一夜，來到黃河邊，部隊就在沙洲上紮營。弟兄都睡了，木蘭巡視過守夜崗哨後，漫步到河邊。夜風低低吹過芒草，潺潺不絕的河水聲配上滿天星斗，似乎極為喧譁，然而木蘭卻覺得大地靜得出奇。她想，那不是大地的寂靜，而是離家後的愁緒慢慢吞噬了她。再沒有熟悉的親人在耳邊說話了，沒有媽媽熟悉的氣味遊走過鼻尖，沒有熟悉的家常料理可以品嘗，沒有安穩的床鋪，沒有柔軟的睡墊……胸口變成了一個大黑洞，她知道那個感覺，以前想念爺爺時，整個人就是這樣變成了大黑洞。

水聲濺濺，木蘭伏著身哭了出來。她以為那天拜別父母，是她最後一次的女兒淚。可是才幾天路程，她就知道，這股吞噬人的愁緒，會反反覆覆趁她沒有防備時來襲。

不知不覺間，木蘭迷迷糊糊的睡著了。但心間突然靈光乍現，她張開眼，凝視滿天星辰。特別亮的幾顆星星，恰巧排成一個左右相反的「斗」字。木蘭定眼再瞧，斗字上下反過來，清清楚楚變成了「十二」。「難道，星星是要告訴我，今日出征，要十二年才能回家？」木蘭心裡想著。

清晨很快來臨了。弟兄們收營整裝，往目的地前

進。繁華的長安城樓就在眼前，來往人跡一下子多了起來。木蘭跟大伙兒一樣，都是此生第一次到這麼遠的地方，看到這麼大的城樓，見到這麼熱鬧的城市。

依照安排，木蘭領軍的黃州府人馬先向兵武學堂報到，安置營寨、分配軍需，忙了兩天。第三日，兵武學堂總督元帥尉遲恭駕到，木蘭整軍列隊，立於排首向元帥致禮。

「蘭生，四年未見，真的是妳嗎？」尉遲恭戎裝威風，靠近木蘭時不動聲色的低聲詢問。

「啟稟元帥，末將是花安邦的『長子』。父親年邁抱病，但軍書緊急不能怠慢，故由末將頂替，請元帥成全。」這番話在木蘭心裡演練多遍了，但真要對老師說出口，還真需要一番勇氣。

「你有什麼本領，敢來出征？」尉遲恭故意考驗木蘭。

「末將練就一套長拳，並有二十四式槍法及變通的一套長鞭。」木蘭咬著嘴唇，心臟噗通噗通跳著。

「哦？那麼你現在就當面演練，讓本帥瞧一瞧。」尉遲恭話才說完，就有傳令兵上前通報：「李老千歲駕到。」尉遲恭一聽，要木蘭先別動作，隨即大步前去迎接。

李老千歲，就是趙
國公李靖，也正是木蘭
的爺爺最後一次進京舉賢，
相見恨晚、結拜為兄弟的當
今朝廷重臣。

在尉遲恭的吩咐下，木蘭
上前行禮，然後抖擻精神，當眾
演武。

木蘭先使長槍。金穗纓槍「啪」的一聲，像金龍
戲水似的，伏地而起，左凌右躍，成為鳳凰展翼，扭
身回槍，突然又出現了一個白鶴鑽雲，前點後挑，前
遮後讓，上蓋下蟠，甩尾回纏，一招比一招犀利，一
招比一招閃眼飛快。

二十四式使盡，尉遲恭突然大喊：「拳呢？」

木蘭立槍收腿，立即把長槍拋給丁雷。氣沉丹田，
雙掌收腰，一頓足，一股力道由腿而腰，由腰而背，
由背而肘，出一長拳，拳風擊空，呼呼有聲。圍觀將
士，不自覺往後退開五六步。

「他只不過是個孩子呢，真是英雄出少年。」李
靖觀賞了木蘭演武，輕聲向尉遲恭讚許。

「國公，這是湖廣黃州府花曜堂老先生的門後

木蘭奇女傳

118

啊！」尉遲恭向李靖介紹了木蘭的出身，「四年前，我曾依花老先生囑託，前去教導這孩子。但他今日武藝已長足進步，中間應該還有高人明師指點。」

「曜堂的門後？」李靖盯著演武的木蘭，心想，昔日與花老先生交誼，得知他有兩個孫子，資質平平，都已經成年成家。倒有一孫女，自幼聰明過人，三歲唱童謠，四歲獨睡一室，五歲能讀能寫。眼前這約十四歲的少年，唇紅齒白，語柔聲細，眉目流轉間不脫女氣，李靖已暗暗猜著幾分了。

木蘭打完長拳，夾指吹哨，明駝白馬應聲跑來。木蘭身手輕快翻身上馬，拾起箭袋，拉弓即發。遠遠城牆邊一張靶紙，「篤篤篤」三聲，紅心連中。

李靖從懷裡掏出一塊令牌，交給尉遲恭說：「少年英雄，天地菁華養成，又是我拜把兄弟的遺孫。她既女扮男裝代父出征，你我不知就罷了。若是知道了，則應盡力保全，才不失保護賢善後代、為國續命之道。」

明眼人前不打妄語，尉遲恭知道李靖已經完全明白是怎麼回事了。一方面為國籌謀，一方面又愛才心切，尉遲恭接過令牌。這可是一塊價值連城的保命金牌，一般領十萬大軍以上的將領，還必須幾回沙場建

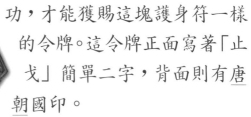

功，才能獲賜這塊護身符一樣的令牌。這令牌正面寫著「止戈」簡單二字，背面則有唐朝國印。

木蘭演練完下馬，雙手抱拳行禮。尉遲恭當場頒令：「花木蘭代父出征，盡忠盡孝，演武帶兵軍容齊整。今令花木蘭升任先鋒統領將軍，率領三千兵馬，兩個月後拔營往北，駐守雁門關。」

木蘭領牌妥善收存。尉遲恭又交代其他官兵，日後，不管在哪裡紮營駐守，一定要將木蘭的營帳留至中心，並嚴派守衛。未經通報，不得輕易靠近木蘭營帳，如果有違反者必定重罰。

2. 雁門關第一戰

雁門關南佑中原，北扼漠原，西邊鞏固寧武、偏頭二關，東邊支應紫荊、倒馬、居庸三關。六關之間建有長城，隋朝以來即成為國家北障。之所以取名為「雁門」，是因為每年春秋兩季南來北往的大雁，飛到這個隘口，必定會當空盤旋好幾圈；原本是人形的雁

隊，在這兒就散開來，轉圈後改成一字形飛走。正是因為這裡高峰相連，連雁隊都得讓步了，所以是難得的天然要塞。

木蘭才帶隊進京第三天，就升任了先鋒統領將軍。先鋒部隊的特質在於輕、快、驍勇、忠貞以及機智。經過兩個月的訓練，木蘭所率的三千官兵，成為兵武學堂中最亮眼的一支部隊。

除了帶兵演武，這段期間，木蘭也屢屢奉詔上殿，見習朝廷的文武百官如何議事奏請。

一日，朝臣稟報：東北三關一帶，有前朝的遺族散兵在邊境擾攘多日。如果這個夏天不將亂軍平定，等到秋霜一降，這些遺族散兵就會衝進關內，據地為寇。

由於這些亂賊，不是突厥人或鮮卑人，而是前朝的百姓後代，如何平定他們？招降？封地安置？一律斬處？將他們趕到更北邊的黑龍山？一時之間，大家議論紛紛。

突然，一位尖聲怪嗓的武官，大聲向即位不久的唐太宗奏請。武官說：「按趙國公的安排，十四歲少將花木蘭正好要帶兵前去鎮守雁門關。不如就派花將軍順便去平亂，不知皇上意下如何？」聽這個人的口氣，

分明是衝著李靖故意來刁難。

　　曾經廣結天下賢士、沉潛多年，掃平群雄後又經歷玄武門之亂，才正式登上王位的太宗問道：「十四歲少將？」太宗望著木蘭說：「卿家真的知道領兵為將之道嗎？花木蘭領旨上前，奏與朕聽。」

　　木蘭心中雖然噗通狂跳，但她將胸中氣息帶往丹田。「啟稟皇上，為將之道，先在知人。見功而賞，見過而罰；因為知人所以能先賞，也因為知人所以能預罰。如此一來，將建功者越勇，將犯錯者能避過進步，這便是領兵為將的制勝之道。至於面臨敵軍的時候，因人而動，見機而行。如果只會刻板採取既定的沙盤模式，反而失去了進退虛實。」說完，木蘭咬著下唇。

　　太宗聽了木蘭的回答，心中大喜，轉對著李靖說：「花少將年幼，但膽略過人，國公去哪裡找到這樣的好人才？」

　　李靖稟奏：「花少將的先祖父花曜堂，人品清高，才學淵博，自隋朝就三次受推舉為孝廉。數年前再度舉賢進京，與老臣結為兄弟。國師魏徵、朝廷經濟大臣房玄齡、十二府總參謀秦叔寶、太師褚遂良、御醫孫思邈、兵武學堂總督元帥尉遲恭、經文學堂校長長孫無忌……這些十方豪傑，都是受花曜堂舉薦而來。」

太宗聽了，讚嘆連連：「這樣說來，花家可算是我數世功臣。花木蘭既為將門之後，理當冊封。」於是木蘭受封為武昭將軍，數日內領軍啟程。

和五個月前從家鄉帶三百子弟兵來京城不同，這番上路，木蘭軍隊的陣容是之前的十倍。新盔、快刀、良駒，一切配備都是國家先鋒部隊的軍備，軍紀嚴明、井然有序。對木蘭而言，身為將領，比之前省心省力許多。然而肩頭上，一邊是三千名弟兄的性命安危，一邊是家國蒼生的國泰民安，木蘭知道這不是兒戲，她沒有軟弱的藉口，也沒有退怯的理由。

每天夜裡巡視軍營後，木蘭回到自己的帳篷，放下兵器，取下頭盔，卸下鎧甲，在一身只有柔軟布衣的這一刻，她跪下來輕聲祈願：「眾生被困厄，無量苦逼身；觀音妙智力，能救世間苦。觀世音菩薩鑑知我，木蘭心存忠孝，祈請守護我等弟子，出入平安，一切順利。」

經過了一個月的跋涉，木蘭軍隊終於即將抵達雁門關。一天，前哨探馬回報，說原本在紫荊關、居庸關一帶造反的隋朝遺族，聽說朝廷派出少年將軍帶兵來平定，不但嘲笑大唐只有娃娃兵團，更故意逼近雁門關。預計再兩日，這些亂賊就會和木蘭軍隊相遇。

於是連著兩夜，木蘭帶著左營軍師丁雷和右營軍師王登，暗中前去窺伺亂賊軍寨的情形。

果真是同源的華夏一族，除了一枝破舊褪色的軍旗，上面寫著「隋」而不是「唐」，賊軍的紮營陣式和木蘭軍隊相同，埋鍋造飯的生活形式，也和關內百姓並無兩樣。據邊境山村的老百姓說，賊軍號令十分嚴謹，平日並不擾民，多年來只是據山為王，過往路人只要繳了買路錢，也就相安無事；直到朝廷開始興兵剿除，賊軍才開始自保反抗。

木蘭和左右軍師第二夜偵察完畢，正要返回自營，一陣風起，從賊軍營寨斷斷續續傳來孩童朗朗的讀書聲：「日月天地人。星宿轉乾坤。帝王君親師。四季交替輪。春秋易禮樂。詩經道德經。」木蘭側耳聽著，輕聲跟著念：「孝悌忠勇烈。貞德良淑嫻。花草樹木葉。陰陽晴雨雲。」

和她小時候的字帖內容一模一樣。

次日，兩兵對陣，這是木蘭此生的第一役。木蘭頒布命令：「人不可卸甲，馬不可離鞍。如果對方進

125

逼，按箭不發，不許妄動。」

兩方對峙，剛開始只聽到賊軍擂鼓擊盾；接著賊軍左右兩翼，輪流衝出兩支小隊，揮舞紅白戰旗不斷叫陣。木蘭軍隊這邊雖然沉著，但一段時間之後，不免有些人開始騷動不耐。

「對方有多少人馬？」木蘭問左右軍師。

「看起來有五千人。」丁雷回答。

「這一戰，根本不需要。」木蘭說。

「沒錯，敵我本是同根生，但眼前景況，如何能夠避免一戰？」丁雷問。

「只需一兵一卒，帶著軍旗和半隻牛跟著我。部隊交由軍師發號，若有情況發生，只許後退，不許前進。」木蘭交代丁雷。

木蘭騎著明駝白馬，身後跟著旗手和扛著牛肉的步兵。三人不快不慢的到達敵陣前方。

賊軍在統領的手勢下，頓時安靜無聲。好一會兒，軍隊中才有一名將官，也是單騎出陣，迎向木蘭。

「我是大唐雁門關將軍花木蘭。前朝隋文帝英明，在科舉制度和官商運河方面，福國利民，是名留青史的好君王。然而改朝換代乃天命，奉勸將軍繳械解甲，帶領族人安居樂業，好好生活。」木蘭對敵軍將領說。

敵軍將領靠近木蘭之後，雙眼一會兒看向明駝白馬的屁股，一會兒又望向木蘭身後的金穗纓槍。聽木蘭說完話後，一言不發，調轉馬頭回到營陣中。

過了一會兒，又有一名中年將領騎馬出陣，一見木蘭就問：「少帥的白馬哪裡來？身後的金槍可不可以比劃一番？」

木蘭微微詫異，但立刻雙腿一夾，使喚明駝跟著她一起演練了一套槍法。

「真的是『伍氏金槍二十四式』。」中年將領說，「少帥認得我父親伍雲召？」

木蘭把金槍師承無我法師的事情據實以告，那中年將領兩行熱淚滑下。原來，無我法師正是當年隋朝第一武將伍雲召，他大半生報效國家，為朝廷開疆闢土。無奈因皇室內鬥紛爭，大鳴大放的國勢，隨即一潰不振。隋文帝駕崩，忠勇愛國的伍雲召遭誣陷。他安頓家人和餘將往北逃命，自己則往南以身誘敵，最後身受重傷，逃到大霧山，得到剃度出家的因緣。

伍雲召獨創槍法，只傳伍氏宗親；並在培育的良馬屁股上烙下特殊印記。而這中

木蘭奇女傳

年將領正是伍雲召的長子伍中，另一名則是次子伍元。

伍中、伍元三十年來思念父親，卻苦無消息。今日終於知道父親下落，喜極而泣，宗親部將一個個也跟著泣不成聲。伍中當場折斷隋軍舊旗，收下木蘭所贈牛肉。宗親部將、兵卒若是願意繼續從軍的，就編入木蘭軍隊；其餘的人就在關內安定下來，種田養雞，過著百姓生活。

這是木蘭的第一役。未發一箭，未傷一兵，招降亂黨，新增兩千兵力。消息傳回朝廷，人人稱奇。

3. 出奇制勝

木蘭將軍營的房門廊下，不知何時飛來一對紫尾燕子築巢。經歷了一個寒冬，燕子夫婦生出幾隻小燕。乍暖還寒的三月天，為了小燕，成鳥整天飛進飛出覓食，相當忙碌。

駐守雁門關快一年了。這段期間木蘭逐漸適應了軍旅生活。平日，除了軍事操演之外。木蘭也在軍中推行讀書識字、教授耕種營商的技巧。一方面可免除弟兄們生活的枯燥單調；另一方

面，木蘭利用這樣的教育，希望弟兄們
不要忘記，總有一天要回到家鄉，
能耕能讀，好好生活。靠著這樣的
冀望，離鄉背井的弟兄們才能彼此扶
持、親愛精誠。

其間，木蘭收到幾次家書，得
知父母身體安好，兩歲的弟
弟木村成天在院子裡挑雞
屎、逗蟲子，非常活潑頑皮。

五月，寄達朝廷的軍書上說，東突厥又不肯安分
當唐朝的盟友了，尤其在去年冬天的大雪氣候下，牲
畜大多被凍死、餓死，內部幾個分支部落也不想再聽
令於天可汗。

朝臣不斷上書給唐太宗，認為攻打東突厥的時機
到了。唐太宗最後下令：動員十萬大軍，由李靖擔任
大統領，兵分六路。最西一隊負責迎擊，中間兵力負
責攔截，最東一部則由木蘭領兵，增員至一萬，由雁
門關出關至呼和浩特，負責斷尾包夾。

「這次是我軍主動出擊。」木蘭接到軍令，集合
將領，共商軍機大計。

「去年冬天，東突厥部落不單是軍隊吃得不好，

木蘭奇女傳

關外老百姓也都是餓肚子。」一個將官說。

「是啊，尤其這些老百姓，多年通婚下來，他們根本不知道自己要算是番邦還是漢人？」另一個軍官說：「對他們而言，只要老天賞飯吃，他們才不管治理天下的是可汗還是皇帝。」

「增員的兵力，預計一個月後就會到達。」木蘭說：「對庶民而言，一年當中最宜人的天氣就是六月。春末夏初，關外市集最為頻繁。尤其去年天氣不好，關內關外的市井小民都指望這個月分，可以多做些交易，補足接下來一年的生活所需。」

「這樣說來，萬一六月我們出兵，妨礙了大家營生，那老百姓豈不怨恨我們？」丁雷說道。

「所以，我們要反其道而行。」木蘭一彈指，眾將官瞪大了眼睛，怎麼樣反其道而行呢？

「我們留一成兵力鎮守，其餘兵力去參加市集。左軍往關外，到市集吃喝、採買各類所需，繁榮生意；右軍往關內，將軍中乾糧牲畜以物易物，換取醫藥、布匹、刀箭。」這是木蘭的計策。

如此一來，本來應該大動干戈的局面，立刻扭轉。關內關外，不管漢人或外族，木蘭的軍隊所到之處深得民心。市井小民原本憂心忡忡，擔心戰事一起，更

加民不聊生。沒料到木蘭軍隊一來，帶動熱絡的生意不說，官兵斯文愛民，有的主動幫忙修補大叔家的屋頂，有的主動幫大嬸多砍些柴薪。老百姓喜歡這些軍隊，更喜歡統軍嚴明又長得十分俊俏的花將軍。大家一聽到花將軍年少未娶，十幾二十戶人家都想把女兒嫁給花將軍。

更重要的改變是，大家心裡頭早就有所體認：戰爭，並不是解決問題唯一的方法。

名為「出兵」，實際上卻進行親民行動的木蘭大軍，以和緩的方式向北遷移。在這三個月之間，雖然幾次遭遇零星的東突厥部落，兩軍僅短暫對峙，並無任何一方出馬叫戰。木蘭摸清對方首領的脾氣後，總是率先求和。有時三罈好酒，兩邊將領就結為拜把兄弟；有時各派幾名壯漢比賽泥地摔角；最特別的一次是，關外部落想聽聽木蘭的家鄉故事，於是她連講了三天三夜，大漠漢子個個真情流露，聽著故事又哭又笑。

轉眼間，木蘭率領的軍隊已離呼和浩特不遠。呼和浩特的小番王康蘇可汗也是胡漢通婚的後裔。不知是因為血緣的關係，還是因為突厥的勢力已經控制不到康蘇可汗，當木蘭大軍開到城郊二十里，康蘇可汗

只是封城圍守，不迎也不拒。

　　兩軍對峙一個月，眼看夏天就要過去。呼和浩特城裡的守軍，急著接回上山吃草的牲畜；據守城外的木蘭軍隊，也暗自焦急塞外天氣嚴寒，對中原的士兵不利。

　　一天黎明，木蘭做了一個夢。夢中出現了湖廣家鄉的景象，木蘭想走回家，但面前是一個十字岔路，十字路的前方是一片水田，水田遠方則有兩棟房舍。

　　木蘭醒來，尋思這個夢境的涵義。地形樣貌組合起來，正好是一個「單」字。難道，突破眼前僵局之計，是要木蘭「單騎赴會」？

　　「依奇勝，依正和」，木蘭想起以前爺爺曾教她：出奇可以制勝，但只有正氣才能維持長久和諧。慧參法師也教她：正念、慈悲和愛心，「最重要的是要有愛，這份慈愛，可以使火海變成蓮花海。」

　　木蘭派了傳令至城下，要求康蘇可汗和她見面，而她將單騎赴會。

　　兩軍將領在城門外相見，木蘭誠懇相勸：「沿途行來，老百姓的真實生活，其實和誰當皇帝無關。人民最衷心的期望，不外乎家人都能長命百歲、生活都能安穩和諧。」木蘭說，自己這一方的將士，雖然士氣

高昂，但因為年輕，並不善戰；兩軍若是真的打起來，恐怕未必得勝。

木蘭示弱、有話好商量的態度，正合了康蘇可汗的心意。他也回答說：「咱們這方則是兵老厭戰，只想趕快畜牧打獵，準備過冬。然而大可汗在西邊和你們大唐對戰，殺得你死我活，我方族人一向以命償命，以血還血，我們兩人怎麼好握手言歡呢？」

木蘭從康蘇可汗話語中，察覺出他是一位有慈心的領袖，於是獻上一個妙計……

三天後，雙方依約派兵單挑，九上九下，難分高下。第十回合，由木蘭和康蘇可汗親自對戰，兩人果真比劃起來。幾招過後，英雄惜英雄，康蘇可汗忍不住讚嘆：「大唐人才濟濟，將軍年紀這麼輕，武藝氣勢樣樣不凡！」說完，手中彎刀隨著木蘭的長槍飛至空中──康蘇可汗敗了。

呼和浩特城中的部將為了贖回康蘇可汗，只得開城，棄械投降。

唐朝此次十萬大軍六路出征，所戰皆捷，就此一舉滅了東突厥。論功行賞，木蘭再獲升官，統領三萬大軍。然而西邊又有戰事，木蘭整頓新舊部將後，隨即出發。

4. 北屏山大戰

山中無甲子，軍中無歲月。

總覺得還是第一次離開縣城，轉眼已經三年；初次應戰的畫面還歷歷在目，然而仔細一數，大大小小戰役也已超過八十回。

「我是誰呢？」木蘭攤開滿是創傷厚繭的雙手，這雙手曾經捻線繡花，也曾經習字畫畫。

「誰是我呢？」木蘭伸手摸了摸臉頰，經年風吹日晒的皮膚，粗得可以當磨刀石了；而兩鬢的頭髮，又粗又乾，比摸一隻短毛山豬還扎手。

每半年，木蘭會挑選出年紀五十以上、願意告老還鄉的將士，與軍中袍澤一番酒宴之後，這些退役返鄉的將士便結伴踏上歸鄉路。留在軍中的弟兄，每到這個時刻都哭紅了眼。誰沒有家？誰不想家？天大地大雖然味美如陳酒，然而「家」卻是思念裡最香最濃的甘露。

又一波老兵解甲歸田之後，木蘭三萬大軍調往西方，繼續去平定邊境動盪。

這回，行動的目標是東突厥餘黨頡利可汗。上一次十萬大軍的掃蕩行動，頡利部落也歸順稱降，然而

不久後，頡利可汗卻說唐朝不守信用。所以這一回他們敗而不降，繼續往北在白雲鄂博一帶流竄。

木蘭奉旨前往圍剿，但一路上窮山惡水，害得木蘭軍隊將近百人病亡。「沙場戰亡是一命，生老病死也是一命。」木蘭收妥這些病故弟兄的軍牌，等到哪一天軍隊凱旋回歸的時候，她打算一一前往這些弟兄的家鄉探視。

「啟稟將軍，探馬回報，頡利餘黨盤據北屏山為寨。兵民總計有五萬，防禦工事有高牆、火炮、箭陣。顯然打算背水一戰，死守最後據點。」右軍師王登報告。

「北屏山的地形如何？」木蘭問。

北屏山的地形，對從山下攻上山的木蘭軍而言，十分不妙。山腳下為遍地荊棘的沙地，其中又有流沙，不利行軍。就算能夠上山，還會遇到大片帶有毒氣的烏樹林，加上樹林裡午後就會起大霧，軍隊在其中根本像是瞎子走迷宮。如果順利走出樹林，從山腰到山頂卻又光禿禿一片，毫無遮蔽。敵上我下，一舉一動盡在敵人眼底。

然而，對山上盤據的敵軍來說，北屏山正是大好的天然屏障。

「真是不妙啊，將軍。」幾位大將都知道，這一仗，很難打。頡利可汗既然選了這座山當據點，食物飲水當然也都早有盤算。據說，只要登上這座山頭，放眼望去都是豐美的牧草，山泉終年不竭。也就是說，真的要打這一仗，恐怕三年也打不完。

「不能硬闖。」木蘭推演，這次用兵，唯一的辦法，就是「守柔」。並非每一場戰爭的目的都是為了得勝，強力壓制敵軍，不但像是以粗壯的樹木去對抗強風，必定會有許多死傷和折損，更有可能刺激敵人作困獸之鬥。所以，倒不如以柔和為原則，用和緩的計謀把對方引下山來。

木蘭說：「敵軍後方有糧倉，我軍後方什麼也沒有，所以戰事不能超過兩百天。第一戰，右軍團以五千人編制，至樹林邊紮營，假裝懼敵，吸引對方第一波下山來攻擊。這一戰，我軍必須要敗，爭取談判受俘的機會。受俘之後，對方就上了我們第一個誘餌了。」

果真，頡利可汗營中衝下一萬大軍，三天之內就將王登所領的唐軍團團圍住。唐軍哀哭求饒，願為俘虜。可汗的軍師鐵霍洛估算，若把俘虜押上山，恐怕唐軍會從後方追來，而且五千士兵將消耗不少糧食；於是決定就地看守，以備唐軍再戰。

第二戰，木蘭軍隊每日派一支軍隊到山腳下叫陣，讓敵軍明顯感覺到唐軍不敢貿然攻上去。偶有短兵相接的時候，唐軍就表現出花拳繡腿、馬腳頻露的窘況。

「哼，果真是軟腳兵團。這些拳腳在你們老家比武招親還管用些，敢來千里長征，驅退我們，真的不要命了！」鐵霍洛天生大漠人的個性，看到唐軍軟弱示威，巴不得拿狼牙棒把對方敲成肉餅。

幾次叫陣，鐵霍洛忍不下去了，決定下山追戰。於是又從山頂調派五千兵力下山應戰。

誰知道，鐵霍洛帶兵追到木蘭軍隊的前哨營區，唐軍突然搖身一變，彷彿軟腳穿上鐵靴，大破鐵霍洛軍團，生擒將帥鐵霍洛。

「橫豎一死，我是不會投降的。」鐵霍洛被押到木蘭面前。然而這位木蘭將軍，卻是橫靠在滿是抱枕的軟榻上，一手烤羊腿，一手老白酒，稚嫩得像是來郊遊的少年兵。

鐵霍洛心想：「這小子一定是靠祖宗功績才能平步青雲。唐軍兵力雖有三萬，但實無英才領導，打不出什麼漂亮戰績的。我今日被俘，一定得想法子脫困，再集大軍一舉殲滅唐兵。」殊不知這一切都在木蘭的計畫之中。

當晚，唐營慶祝得勝，飲酒作樂，半夜都醉了。

鐵霍洛掙脫細繩，逃回山寨，把唐兵腐敗、不堪實戰的情形稟報頡利可汗。五天後，可汗全軍只留婦人小孩在寨裡，其餘大軍分五波排山倒海的衝下山來。

這是第三戰。木蘭依事先計畫，前哨營全力應戰，邊戰邊退，引誘半數可汗軍深入木蘭伏兵的山谷。這時，被俘的右軍團王登裡應外合，截斷另外半數可汗軍；丁雷領兵的左軍團再分兩路包夾，把未做長久戰準備的可汗軍圍成兩大圈。

就這樣，先引蛇出洞，再誘敵跨入更深的陷阱，然後甕中捉鱉。木蘭軍避開地形的不利，以少贏多，雙方傷亡減至最輕，可說是贏得漂亮。

5. 五狼鎮

頡利可汗被擒，東突厥從此完全潰散。木蘭帶著三萬大軍駐守北屏山轉眼兩年。一紙軍令，要木蘭率軍，由東而西趕赴河西，平定想進犯長安的西突厥。於是木蘭大軍從北屏山走西峰，過石家嘴，跨青銅峽，越涼泉盆地，再橫貫沙礫漠谷。

這趟路，木蘭大軍花了整整五個月時間。長途跋涉再加上氣候險惡，許多士兵染上惡疾。抵達五族出

沒的五狼鎮

時，若再不紮

營安寨、歇腿養病，恐怕

會爆發不可收拾的疫情。於是木蘭號令軍隊在五狼鎮

郊外停留五天。

　　五狼鎮是個奇特的地方，它雖然只是一個小鎮，

卻是關內通往西域的必經之地。鎮上人馬黑白兩道難

分，回族、吐蕃、胡人、苗族，還有柔然遺族，東西

南北的五小族裔經常混跡在這裡。他們買通邊防、交

換軍情、聘僱鏢局，一切勾當都集中在這個看起來毫

不起眼的破爛小鎮。

　　　「這裡的人不說真話。」木蘭聽了幾個軍情探子

的回報後，對於各路互相矛盾的消息，皺著眉頭下了

這句斷語。由於龍蛇混雜、利益交錯，為了自保，當

地人對於唐軍，不肯透露半點西突厥軍的蹤跡習性。

　　俗話說：「知己知彼，百戰百勝；不知己而知彼，

一勝一負；不知彼，不知己，每戰必敗。」領軍五年，

出戰八十餘回的木蘭，善於推演軍情，以謀略取勝。

但這一次士兵們征塵勞累、思鄉厭戰，又無法收集到

有用的敵軍情報。一時之間，木蘭也想不出辦法來。

駐軍第五天，有夜賊闖入軍營，偷走了一些軍糧和軍馬。這事情非同小可，等於是向唐軍下馬威。木蘭下令徹查，於是右軍團派出一支小隊到鎮上去打聽。結果，小隊人馬全數失蹤，連屍骨都沒見著。

　　「啟稟將軍，這事情很玄。曾聽說鎮上的客棧蒸的是人肉包子，釀的是馬膽補酒。現在咱們幾個弟兄就這麼平白不見了，難道，真的遇上黑店了？」一位副將心神不寧、膽顫心驚的說。

　　「現在弟兄們士氣低落，別讓道聽塗說的事情再來嚇自己。」丁雷出聲喝止，接著說：「將軍，我有一計。我們現在駐紮在郊外，套不出實情，不如把大軍開進鎮上，讓各路人馬知道我們平息西突厥的決心，大家不得不向我們歸順。」

　　從湖廣三百鄉親進京，到如今三萬大軍北征西討，五年來，丁雷從家鄉一路跟著木蘭。既是她最信賴的屬下，也是唯一知道她是女生、處處保護她身分不敗露的重要人物。

　　小小五狼鎮，按理說丁雷率三千精英部隊，提早一天進鎮安排，以備迎接木蘭的三萬大軍，本來沒有什麼好顧慮的。但她總有股預感，覺得心慌不安，一再叮嚀大家要處處小心。

丁雷進鎮後，打算召集鎮民宣達軍令，並要求騰出客棧當作軍官指揮所。鎮民個個面無表情，一個客棧老闆娘出面，招待官兵飲酒洗塵。老闆娘架勢十足，端著酒碗敬天子、敬朝廷、敬軍爺，催促軍民一同連乾三碗。

　　一天的時間過去，鎮外的木蘭大軍正準備拔營啟程。忽然，十多隻沒有將兵的馬匹，獨自跑回木蘭營區。人呢？丁雷率領的三千精英部隊呢？

　　「只有馬匹回來？」木蘭細細審視這些馬匹，沒有血跡或驚恐，表示丁雷並不是遇敵埋伏，沒有戰事。但人呢？她最信賴的同袍，也是軍中最依賴的親人，到哪兒去了呢？

　　丁雷及三千精英部隊生死不明，木蘭軍隊進入戒嚴狀態。敵暗我明，木蘭彷彿墜入五里迷霧中。

　　木蘭大軍陷入前所未有的低落士氣，連演兵操練都暫停了。

　　一連幾天，木蘭把自己關在營帳裡，誰都不見。她每天喝得酩酊大醉，把臉埋在枕頭裡大哭，以免別人聽見。哭累了睡死過去，醒過來又找酒喝。

　　木蘭知道她這樣，全軍會跟著渙散瓦解。有天，她想振作起來，集合弟兄重新操兵，誰知天邊滾雷不

斷。當軍隊剛完成集合，傾盆大雨就從天而降。

　　木蘭解散隊伍，又躲回她的營帳裡，塞著枕頭聲嘶力竭的大哭。最後，兩眼再也哭不出眼淚，只剩下乾嚎。

　　大雨連下十天。秋天了，大地覆上一層薄霜。

※　　　　　　　　　　※　　　　　　　　　　※

　　「蘭兒來，給媽媽暖腳！」父親讓木蘭擠到他和媽媽中間，像一隻凍了很久的小鳥，被人用雙手暖暖的捧著。

　　「蘭兒快成小大人了，瞧，多好看！」媽媽縫製了一個紅色頭巾，上面繡了一隻小青鳥。

　　「蘭兒，這是爺爺留給妳最珍貴的東西了！」爺爺把「奇門遁甲」交給她，然而裡面只有話音而沒有文字：「天地間一物生一物，一物剋一物。參透天理中的奇術，最重要且最困難的，在於自己的心，最大的敵人也是自己的心。真心誠意的面對自己吧。」

　　「蘭兒，我追求佛道修真，妳父親追求安定和諧。妳呢，妳這一代追求什麼呢？……」爺爺的聲音越來越遠，變成嗚嗚的號角聲。

※　　　　　　　　　　※　　　　　　　　　　※

　　嗚——嗚——木蘭從夢裡醒來。原來做了一場夢。

嗚——嗚——號角聲仍然在響。

木蘭快速整裝、傳令。廣場前聚集了一小撮人，簇擁著從敵營逃回來的楊民。楊民是丁雷的副將，他神色憔悴、衣衫襤褸，赤著腳不知逃了多久才回到軍營。更讓人驚駭不已的是，他被剪去舌頭，無法言語。

「快，快拿紙筆！」

6. 是敵是友

五族混跡、不說真話的五狼鎮，表面上是幾家客棧、飯館、做邊防生意的店家。實際上，鎮裡每一戶房舍，幾乎都有地道。它是一個地道錯綜複雜的黑城。

丁雷所率的三千將兵，飲下了摻有迷藥的水酒，經由地道運出城。以一兵十兩、一官三十兩銀子的價錢，賣給了西突厥軍。西突厥軍比東突厥軍陰險凶殘，被俘士兵挨餓受凍，嚴刑拷打後昏迷半死的，就丟到山谷裡任野狼啃噬。楊民就是這樣，從山溝裡死裡逃生，心裡不斷念著木蘭以前教給士兵們的觀音咒穩定心神，終於找到方向，回到唐營。

木蘭和眾將官知道了弟兄們的遭遇，悲憤不已。但是也讓木蘭燃起希望，因為丁雷可能還活著。

像是浴火鳳凰，一股前所未有的力量從心底升起。

木蘭重整軍隊，喊話說：「如果不曾經歷過灰心喪志，我就只會毫無目的的一味前進；如果不是這樣離家五年、東奔西走，我就不知道最珍貴的一切都在家鄉。弟兄們，我們騎馬征戰的每一刻，都是為了回家，不但讓自己回家，也是為了讓每個人都回家。」

邊塞的長風吹著旌旗飄飄。木蘭的訓話，重新鼓舞了三萬大唐士兵，像是胸口有個開關被打開了，許多人痛哭失聲。

營寨邊靜無聲息的出現十二個戎裝勁騎的外人，靜靜聽著木蘭的喊話。

「弟兄們，戰場上勝利或失意都不是我們本意。今天出戰，只射馬上將，不殺馬下兵，救回丁雷一幫兄弟，以一念慈悲，收服番兵。」木蘭下達清楚的指示。

軍隊上下大受激勵，挺槍上馬，精神抖擻，聲勢整齊。

「將軍請慢！」明顯是異族的十二個戎裝勁騎，自遠處高喊。

「我們是柔然綠中旗衛隊。」異族為首的軍官卸下武器後，被迎進軍帳，向木蘭表明來意。

「柔然從蒙古天山一帶而來，是個和平單純的民族。但現在全族不到十萬人，都是因為突厥欺我太甚，殺我族人，搶我羊群，占我家園。」柔然軍官氣憤的說，並且表示願意協助木蘭軍避開埋伏機關，直搗西突厥的要寨。

「將軍，他們是敵是友呢？」右軍師王登附在木蘭耳邊悄聲問。

現場一片安靜，木蘭沉思了一會。

「你的家鄉可有『天香木蘭』？」木蘭開口問那軍官。

「啊？」對方愣了一下，沒料到會被問這種問題。「有的，家鄉有一種樹蘭，一開花比巴掌還大，一整個月不謝。桃褐色的花，香味可以傳送百里。有人叫『天香木蘭』，也有人叫『百里香蘭』。」

是朋友。木蘭心裡知道。

木蘭採信了柔然軍官的建議。大軍直衝五狼鎮，掀了所有的偽裝房舍，以煙燻的方式，把五狼鎮地道裡的強盜都趕出來。

　　「可怕的五狼鎮，根本像個螞蟻窩，機關要寨都在地底下。」唐朝士兵嘖嘖稱奇。

　　重點不是這幫強盜，而是始終躲在暗處的西突厥軍。

　　木蘭三次以計誘敵。一次，突厥軍追至哈耳壩。木蘭早就設好了八卦陣，以八門排出靈活調度、可攻可守的陣式，一舉擒獲八千人。

　　又一次，木蘭引兵至三關口，擂石滾木，再次擒獲四千人。

　　最後，木蘭軍攻占敵軍水源地，疊石斷水。苦守一個月，終於等到突厥軍釋放俘虜、懸白旗投降。

　　丁雷骨瘦如柴，硬是撐到木蘭來營救他。生死手足，木蘭和丁雷再見面，好像隔了一世紀那麼久。大伙兒相擁，泣不成聲，全營沉醉在這歷來最艱苦的一次勝利中。

　　「啟稟將軍，我方綠中旗衛隊軍王爺，懇請您到寨中走一趟。」就在大伙兒酒酣耳熱的時候，柔然軍官悄悄以尖刀抵在木蘭的心窩。木蘭大吃一驚，柔然

到底是敵是友？為何要先提供情報幫助<u>唐</u>軍，勝利之後，卻又挾持她呢？

<u>木蘭</u>雖然可以徒手和對方打鬥，但她決定以虛應換取誠摯；也就是假裝被挾持，去看看對方的軍王爺到底用意何在。

<u>木蘭</u>被矇上眼睛，雙手反綁、脫去軍靴，帶到<u>柔然</u>軍寨裡，押進一處平坦高地上的營帳；眼罩拿掉了，但雙手雙腳仍被綁著。

十二個侍衛兵進帳列隊而立，<u>柔然</u>軍王爺最後現身。幾乎和<u>木蘭</u>一樣，是個頗有氣勢的年輕軍王爺。對方一語不發，上上下下打量<u>木蘭</u>。這時候<u>木蘭</u>才暗暗心驚，她太大意了，她幾乎忘了自己真實的性別，竟然讓自己這樣身陷險境。

「哈哈哈……」年輕軍王爺突然爆出一串笑聲，「哈哈哈……真是太有趣了！」軍王爺拍著手大笑。隨即留下兩名侍衛，其餘退出營帳。

「<u>大唐</u>的將軍，是個女的！」軍王爺指著<u>木蘭</u>的腳，向左右侍衛說。

「啊？」所有的人都大吃一驚，包括<u>木蘭</u>自己。一身鎧甲，晒得黝黑粗糙的臉龐、乾硬的鬢髮，滿是厚繭傷痕的大手。唯獨<u>木蘭</u>的腳，一雙細皮白肉、女

孩子的光腳丫。

那雙女孩子的腳丫，洩露了木蘭真實身分的祕密。

7. 紅羅峽谷

「哈哈哈……妙哇，妙哇！真是太有趣了！」柔然綠中旗衛隊軍王爺一邊大笑，一邊脫掉了自己的頭盔，一頭烏黑柔軟的秀髮如瀑布般瀉下。沒錯，木蘭沒有眼花，對方的「軍王爺」也是個女生，十八歲，年紀和木蘭差不多。

原來，柔然軍隊將領有世襲的傳統，以家族父死子繼的方式，一代一代接任。綠中旗衛隊老軍王爺的獨子戰死，女兒就代兄繼任，軍隊裡上上下下都知道此事。這次出手幫助唐軍攻打突厥，一方面為報世仇，一方面也聽說唐軍這名英勇的少將，功勳彪炳，斯文愛民。

「咱們原本希望，把妳擄來，送妳一箱黃金、灌妳三杯迷湯，讓妳糊里糊塗和我們公主拜了天地、進了洞房，就留在咱們這裡，帶兵打仗，保護族人了。」左右侍衛原來也是女生，大家的武裝一卸，講起話來

都回復女孩兒的神情。

「我的漢名，叫方阿珍。」柔然公主伸出手。

「我叫花木蘭。」木蘭也伸出手，兩人握手。

木蘭留在柔然綠中旗前後近一個月。

木蘭喜歡柔然人搭的圓形帳篷，無論建築的概念或施工方法，都和中原的方式大不相同；柔然公主方阿珍喜歡漢人詩書傳家的儒釋道文化，尤其是木蘭爺爺的傳奇故事。

有時候，方阿珍帶木蘭去隱密的溫泉池泡澡；有時候，木蘭教方阿珍和書法同樣道理的長拳二十四式。

「我最欽羨妳的，是你們草原民族男女地位平等的生活方式。」臨分別前，木蘭和方阿珍兩人騎著馬，漫步到岬口。

「我才嚮往你們華夏中原那些綿長悠久的文化歷史呢！」方阿珍說。

「珍重了，希望有一天我們兩個都能卸下這身戎裝，後會有期。」木蘭說。

「哈，就這麼說定，我去妳老家看妳回復女兒身的模樣！」方阿珍開玩笑的說。

「不能黃牛哦！」木蘭揚鞭，明駝白馬輕快的跑了起來，話語迴盪在山谷間。

就像是天空的浮雲，有合必有分，有聚必有散；「好」到了頂點，「壞」就開始了；越是想要留住的東西，往往是因為它無法留住。

木蘭與柔然朋友分別後，接令繼續率領三萬大軍往西北去。金昌、張掖、酒泉，一座又一座遙遠的城池；伏虎丘、青龍山、九熊谷，一個又一個陌生的地名。

木蘭大軍經歷了一場又一場的戰役，就像天空的浮雲，聚合或分散，有勝有負，有喜有悲。離家久遠了，將老兵衰，生離死別見多了，心變得麻木冷淡。

從酒泉到玉門之間唯一一個城鎮是紅羅城，出了連天蓋地的紅土峽谷之後，有一個落差一百尺的浸牛河。從名字上來看就可以知道，出了峽谷，稍一不慎，就算天生地養的野牛，也會失足掉到河裡淹死的。

光禿禿的紅土長不出大樹，所以無法利用木材來做成梯橋。也試過用羊皮筏子來渡河，但水流湍急，強行渡河不是被水沖走丟了性命，就是在河中央被伏兵的毒箭射中。

「只好撤退，再找其他出路。」幾番努力之後，木蘭將處境寫成軍書，派士兵送信給李靖。

但是，這封重要的書信卻被朝廷內與李靖不合的

朝臣攔截，呈報太宗。朝臣挑撥說：「木蘭軍隊遠征多年，只聽李靖的指揮調度，而不是聽令皇帝。現在聯合番兵夷族坐大實力了，假意說是撤退，其實是舉兵南行，打算入侵長安直逼京城。」

就是這個誣陷，讓為了另尋去路而率軍南撤的木蘭軍，還沒撤出峽谷，就遭另一支大唐軍隊堵住去路。並說太宗已傳旨，木蘭軍有叛變嫌疑，若擒叛軍可以就地正法，提著叛將的腦袋更可以論功行賞。

為國家拋頭顱灑熱血，出生入死，盡賢效忠，結果反而遭人誣陷抹黑，這種政治爭鬥是木蘭前所未料的。困在寸草不生的紅羅峽谷中，一端是居心叵測的自家人，一端是深澗急流與突厥的毒箭。

好幾次，木蘭率軍想衝出圍困；然而因為不願傷害同胞，木蘭總是處於下風，傷兵累累。

「將軍，我們現在怎麼辦才好呢？」木蘭麾下幾個軍師非常悲憤。身邊這批忠臣，有的傷重，但因為醫藥補給已經中斷了，只能忍受著巨痛的折磨；有的氣出病來，眼凸頰瘦、手抖頭顫，彷彿一下子老了十歲。

「把我交出去好了。」木蘭手中握著當年李靖親贈的免死金牌「止戈」

令，心想，也許中止干戈，才真是戰爭中的最高境界。

這一年，木蘭二十歲。曾經功勛彪炳、戰績赫赫。然而，在小人的奸計下，變成了動彈不得的孤軍叛將。做了犧牲自己的最壞打算，木蘭與弟兄訣別，翻身上馬，雙腿一夾，明駝白馬卻一動也不動。

「怎麼了？」木蘭心中覺得詫異，俯近馬耳邊，輕聲說：「好兄弟，載我去投降，我們三萬弟兄不能死在這個山谷啊！」馬兒噴氣、踱步、搖頭，就是不肯前進。

木蘭朝著馬腹再踢一次，馬兒不動；木蘭舉鞭，朝馬屁股上甩鞭，馬兒依然紋風不動。

木蘭扯緊韁繩，打算再用力抽鞭。突然，「啪達」一聲，韁繩斷了，套在韁繩上的馬銜也跟著鬆脫。

木蘭下馬查看，馬銜是個金屬的中空細鐵棍，就像是一個信筒。裡面有一張老舊泛黃的信箋。

木蘭小心翼翼打開信箋，上面寫著：

殺人之眾，以哀悲泣之；戰勝，以喪禮處之。
　　　　　　　　　　　　　——南山道人

什麼意思呢？木蘭反覆念著這句話，踱步到哨兵亭。

向北望，是埋伏在荒煙大漠的突厥兵；向南望，是同文同種卻奉命圍剿自己的唐軍。木蘭要怎麼運用南山道人的智慧呢？

8.再見玉門關

隔天天剛亮，木蘭營區已經徹底改換了面貌。全營高懸白幡，人人素服白巾，連戰馬也披上白巾，廣場上南北兩面各設了祭祀的香案。

向南的祭祀桌，每一個黃紙牌位上，掛著亡者的軍籍牌，這是祭拜漢人的供桌；往北的祭祀桌上，每一個黃紙牌位，有各種象徵性的物品：箭簇、羽毛、衣飾、皮革碎片，這是祭拜胡人的供桌。

這是一場盛大莊嚴的祭典，木蘭軍為關內與關外因戰爭而喪命的生靈，舉行了喪禮。這一天，全軍莊嚴肅穆，因為大家都知道生命是多麼的可貴，也趁此機會為不幸的亡魂安靈祝禱、追思和懷念。

祝禱儀式中，木蘭帶領士兵向南唱起悲壯的歌謠：

唏噓復唏噓，河漢星斗移，悲家遠萬里。父兮，
母兮，今居何地？

夜月寒光長嘆息，佳節良辰，肝腸全碎。妻兮，
子兮，音信幾稀。

嗟兮又嗟兮，可憐你客死異鄉。恐懼希望、仇
怨病痛，萬事俱寂。

今生已矣，來世再聚。風兮雲兮，請以光亮帶
我兄弟父老度中陰。

以三獻大禮，向天獻香、獻果、獻酒之後，<u>木蘭</u>
又來到北邊的香案，點燃了火把、柴堆。在濃濃的白
煙裡，<u>木蘭</u>帶領士兵再唱：

河邊枯骨，白雪成堆。天兮，天兮，胡不聽，
南北人兒共悲泣。

為尋牧草萋萋、甘泉霖霖。怎料得，換來旌旗
閃閃，戰馬嘶鳴？

淒兮，茫兮，可憐你戰死沙場。喜怒哀樂貪嗔
痴，一如花事了。

哀啼哀啼，莫再空相憶。歸兮歸兮，請走金光
雲路回兒時夢裡。

紅羅峽谷是天然的擴音器，木蘭軍悲悽的歌聲，傳遍了南北敵營。士兵心中刻意封藏的哀傷、憎恨、嗔怒，在慈悲的歌聲中找到了出口。

　　堵在峽谷出口的唐營內部開始騷動起來，士兵們不願再戰，醞釀著回朝的氣氛。

　　又過了一夜。

　　一大清早，左軍師丁雷興奮的向木蘭稟報：「堵在南方的唐營，連夜撤軍了！」

　　此時，右軍師王登也來稟報：「老天爺聽到我們的心聲了，浸牛河一夜之間結冰了！」

　　既然能夠渡河，木蘭軍依原本的計畫，往玉門關挺進。一直孤軍死守在那裡的秦瓊大將軍，終於等到了木蘭軍的增援投入。

　　木蘭見到秦瓊，行軍禮拜見，說明受阻的原因。但心裡卻忍不住回想起五、六歲的時候，看見爺爺的名帖中，有「山東歷城縣　旗牌官　秦叔寶（瓊）」這張秦瓊的名帖。如今二十多歲，女扮男裝代父從軍，在離家鄉萬里遠的地方，與已是大將軍的秦瓊相見，讓木蘭無限感慨。

　　兩軍聯手作戰三個月後，尉遲恭大將軍再率援軍抵達。十萬大軍一舉將西突厥逼到高昌國，並設下嚴

兵看守西域邊境。此後，北方土地屬<u>突厥</u>，兵權歸<u>唐</u>，彼此和平相安，不再侵犯。<u>尉遲恭</u>和<u>秦瓊</u>兩大將軍的畫像，也被當地人拿來貼在門板上，當作「門神」保護家園。

戰爭終了，三軍凱歌，中軍炮響，舉國歡騰。代父出征前後總共十二年，<u>木蘭</u>終於踏上了回家的路。

第五章 一花一世界

1. 大霧山之約

天空藍得出奇，一朵朵又厚又卷的白雲，像是在渾然天成的大幕上，搬演群俠豪傑的列傳。這樣的天空，讓人看了心情好舒坦好恬靜。這是家鄉的天空。

歷經了十二年，上百回大大小小征戰，木蘭凱旋回京。太宗召見有功名將，木蘭也在其中。詔書說：「武昭將軍花木蘭，代父出征，可謂孝矣；致身報效，可謂忠矣；臨陣不懼，可謂勇矣。孝、忠、勇三全，猶如日、月、星三光普照。賜頒花家三代君臣之門，按籍加封武昭將軍為兵部左侍郎。」

木蘭以十多年不在家中孝敬雙親為理由，婉拒了天子的加封，心平氣和的將一切榮華富貴置於腦後。

「這身沉重的軍服，該脫下了。」木蘭扯一扯身上的盔甲，當年盔甲閃亮耀眼的銀白色澤，如今已布滿綠鏽和磨損。「回到家，還我女兒本色。」木蘭露出

一抹笑容。

在回家之前，木蘭先繞到鄰縣大霧山，她還記得與無我法師的約定。

「您一定就是木蘭將軍吧？」大霧山頂上一座平凡無奇的寺院裡，出來應門的知客僧看了木蘭，立刻知道她的身分。

「蘭生晚來一步，家師兩個月前圓寂了。」教木蘭槍法的法順法師迎接木蘭上座，告訴她這個訊息，「昨天才剛辦完最後一場佛事。」

「啊？可是他老人家和我約好的哇！」語音未歇，木蘭心口一緊，好久沒掉的眼淚就這麼滾出眼眶。

眼淚有淨化的作用，木蘭靜靜哭了好一會兒。

這些年來所有埋藏在心中的情緒，都隨著眼淚慢慢的消融。在這個簡單樸素的禪寺裡，木蘭終於覺得可以好好休息了。她說不出來，是什麼安慰了她，是什麼把她過去動盪的戎馬生活，溫柔的撫平了。她甚至分辨不出，這股奇妙的轉化，是從外而內，還是由內而外。

「家師交代我往終南山去。」法順法師說，無我法師生前已大略繪製了幾張寺塔的建築草圖，要法順法師有生之年把寺塔修建完成。

「家師說，等寺廟蓋好，叫我在那個地方終身住靜。」法順法師說這話時，似乎一點都沒有懷疑，修建寺塔的錢從哪裡來？終南山有地方可以蓋寺塔嗎？一個人徒手建造嗎？⋯⋯

「貧僧打算再半個月，就上路。」木蘭辭別法順法師前，法師把動向告訴木蘭。木蘭雖沒特別用心去記，卻也在心裡留了底。

※　　　　　　　　　　※　　　　　　　　　　※

終於回到家鄉了。花安邦和木蘭的媽媽相互攙扶站在門口迎接。旁邊除了十二歲的弟弟花木村，還有更小的弟弟木雄和妹妹木蓮。

木蘭完全沒有料到又添了弟弟妹妹，興奮的跳下馬來，投進雙親懷抱，又趕忙摟著年幼的弟弟妹妹。

木蘭的故事，由鄉里編成了民謠，大家哼哼唱唱，一傳十、十傳百，很快的傳唱開來。

木蘭辭

唧唧復唧唧，木蘭當戶織。不聞機杼聲，唯聞女嘆息。

問女何所思？問女何所憶？女亦無所思，女亦無所憶。

昨夜見軍帖，可汗大點兵。軍書十二卷，卷卷有爺名。

阿爺無大兒，<u>木蘭</u>無長兄。願為市鞍馬，從此替爺征。

東市買駿馬，西市買鞍韉，南市買轡頭，北市買長鞭。

旦辭爺娘去，暮宿<u>黃河</u>邊。不聞爺娘喚女聲，但聞<u>黃河</u>流水鳴濺濺。

旦辭<u>黃河</u>去，暮至<u>黑山</u>頭。不聞爺娘喚女聲，但聞<u>燕山</u>胡騎聲啾啾。

萬里赴戎機，關山度若飛。朔氣傳金柝，寒光照鐵衣。

將軍百戰死，壯士十年歸。歸來見天子，天子坐明堂。

策勳十二轉，賞賜百千強。可汗問所欲，<u>木蘭</u>不用尚書郎。

願借<u>明駝</u>千里足，送兒還故鄉。

爺娘聞女來，出郭相扶將。阿姊聞妹來，當戶理紅妝。

小弟聞姊來，磨刀霍霍向豬羊。

開我東閣門，坐我西閣床。脫我戰時袍，著我

舊時裳。

當窗理雲鬢，對鏡貼花黃。出門看伙伴，伙伴
皆驚忙。

同行十二年，不知木蘭是女郎！

雄兔腳撲朔，雌兔眼迷離。雙兔傍地走，安能
辨我是雄雌。

　　花木蘭回來了，十二年喬裝而不露痕跡，多難，
然而這一切都過去了。女扮男裝、代父從軍，出生入
死、忠孝勇烈，她所憑藉的，除了天生個性，也有來
自於家庭和良師一點一滴的教導。

2. 上善若水

　　春天丘陵滿茶花，夏天採荷照晚霞；
　　秋天大地黃金谷，冬天漁網滿湖窪。

　　木蘭回到了她的房間，重新梳妝打扮。窗外的樹
影凌亂交錯，映在窗紙上，像野獸的利爪一樣。

　　木蘭站起身推開紙窗，嘩啦啦──枝椏的影子倏
然不見了，只有帶著荷花香氣的暖風，迎面撲來。

　　家中最小的兩個弟弟妹妹，忽然推推撞撞的衝進

木蘭房間，「阿姊，有朋友來找妳！」木雄說。

「那個人帶了一捲長鞭，很像妳。」木蓮說。

木蘭趕到大門口，荷葉田田，在遠遠的路口真有一個穿藍衣的姑娘，亭亭而立，神態大方。

「是我，說過要來找妳的！」遠方那姑娘揮著手，跳著步伐跑過來。她是方阿珍，柔然綠中旗衛隊老軍王爺的掌上明珠。

「妳真的入關來了？路上沒麻煩？」木蘭握著方阿珍的手，高興的把她看了又看。

「有什麼好怕的啊？你們關中有老虎嗎？」方阿珍說：「以前唐軍守邊塞的，有一隻姓花的小老虎，我倒見過。」

「妳來得正是時候，跟我一起去闖蕩天涯吧！」木蘭把計畫告訴方阿珍。

「蓋房子？」方阿珍大叫出來。「也好，雲遊四海去，免得我老爹一天到晚要把我嫁給宰羊的。」方阿珍回答得乾脆。

就這樣，木蘭再次辭別父母，說要先去江南看看大運河，再沿永濟渠北上，看看石頭拱橋。

許多年後，有人說曾在終南山上看見木蘭監造華嚴寺。也有人說，後來文成公主嫁到西藏去，就是由

木蘭擔任護衛將軍；到了藏地，還身兼工匠總頭，監督建造了大昭寺。

但是誰也不知道那些傳言到底有幾分真假。

總之，日昇月落，物換星移，在漫漫歷史的長河中，每隔一段時間，就有人重新講起木蘭代父從軍的傳奇故事。這是一個勇敢女孩的故事，一個忠孝傳家的家庭故事，也是一個敢於與眾不同、追求自己理想的成長故事。在不同的時代、膚色、種族、村落裡，少女將軍的故事一再傳演，完全融入山川大地的風景裡，真摯動人。

木蘭奇女傳——每個時代都有木蘭

看完花木蘭的傳奇故事，這位勇敢善良的女孩，是否有帶給你任何啟發呢？讓我們學習木蘭愛思考的精神，試著想一想下面的問題吧。

1.木蘭爺爺曾在心中這麼想：「木蘭要是個男孩子，該多好啊！」為什麼他會希望木蘭是男孩？

_____

_____

2.木蘭的幾位良師，包含爺爺、尉遲恭、長孫無忌、慧參法師、無我法師、法順法師等，都是她生命中的貴人。如果能有生命導師，你希望像這些人當中的哪一位？在你的生活中，是否有類似的人物存在？

_____

_____

3.慧參法師曾教導木蘭:「最重要的是要有愛,這份慈愛,可以使火海變成蓮花海。」回想一下,在你的生命經驗中,是否有接收到愛,以及給予愛的時刻,試著描繪出來。

_____

_____

_____

_____

4.木蘭生活的時代中,多數女子(甚至男性等)因性別而受到諸多限制。你是否有過相似的經驗,因先天條件(例如性別、膚色、身高等)而受到束縛?

_____

_____

_____

_____

另有其他學習單,可到三民網路書店下載

國家圖書館出版品預行編目資料

木蘭奇女傳 / 史玉琪編寫;練任繪. ──初版一刷. ──
臺北市: 三民, 2016
面; 公分. ──(兒童文學叢書 / 小說新賞)

ISBN 978-957-14-5982-0 (平裝)

859.6   103025238

© 木蘭奇女傳

編 寫 者	史玉琪
繪 者	練 任
責任編輯	葉嘉蓉
美術設計	李唯綸

發 行 人	劉振強
著作財產權人	三民書局股份有限公司
發 行 所	三民書局股份有限公司
	地址 臺北市復興北路386號
	電話 (02)25006600
	郵撥帳號 0009998-5
門 市 部	(復北店)臺北市復興北路386號
	(重南店)臺北市重慶南路一段61號

| 出版日期 | 初版一刷 2016年1月 |
| 編 號 | S 857690 |

行政院新聞局登記證局版臺業字第○二○○號

有著作權‧不准侵害

ISBN 978-957-14-5982-0 (平裝)

http://www.sanmin.com.tw 三民網路書店
※本書如有缺頁、破損或裝訂錯誤,請寄回本公司更換。